A TERRA DOS MENINOS PELADOS

GRACILIANO RAMOS

A TERRA DOS MENINOS PELADOS

Principis

Esta é uma publicação Principis, selo exclusivo da Ciranda Cultural
© 2024 Ciranda Cultural Editora e Distribuidora Ltda.

Texto Graciliano Ramos	Produção editorial Ciranda Cultural
Editora Michele de Souza Barbosa	Diagramação Linea Editora
Preparação Maria Luísa M. Gan	Design de capa Ana Dobón
Revisão Fernanda R. Braga Simon	Ilustrações Vicente Mendonça

Dados Internacionais de Catalogação na Publicação (CIP) de acordo com ISBD

R175t	Ramos, Graciliano
	A terra dos meninos pelados / Graciliano Ramos. - Jandira, SP : Principis, 2024. 96 p. : 15,50cm x 22,60cm. - (Clássicos da literatura brasileira)
	ISBN: 978-65-5097-145-8
	1. Literatura brasileira. 2. Convivência. 3. Imaginação. 4. Brasil. 5. Solidão. 6. Amizade. 7. Diversidade. I. Título. II. Série.
2024-1815	CDD 869.8992301 CDU 821.134.3(81)-34

Elaborada por Lucio Feitosa - CRB-8/8803

Índice para catálogo sistemático:
1. Literatura brasileira : Romance 869.8992301
2. Literatura brasileira : Romance 821.134.3(81)-34

1ª edição em 2024
www.cirandacultural.com.br
Todos os direitos reservados.
Nenhuma parte desta publicação pode ser reproduzida, arquivada em sistema de busca ou transmitida por qualquer meio, seja ele eletrônico, fotocópia, gravação ou outros, sem prévia autorização do detentor dos direitos, e não pode circular encadernada ou encapada de maneira distinta daquela em que foi publicada, ou sem que as mesmas condições sejam impostas aos compradores subsequentes.

Esta obra reproduz costumes e comportamentos da época em que foi escrita.

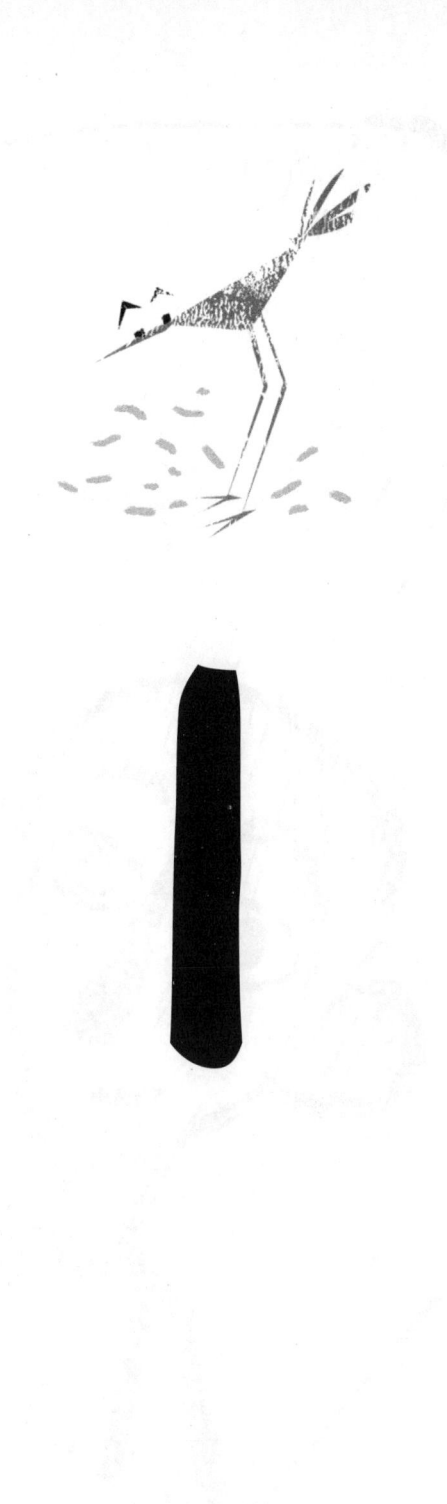

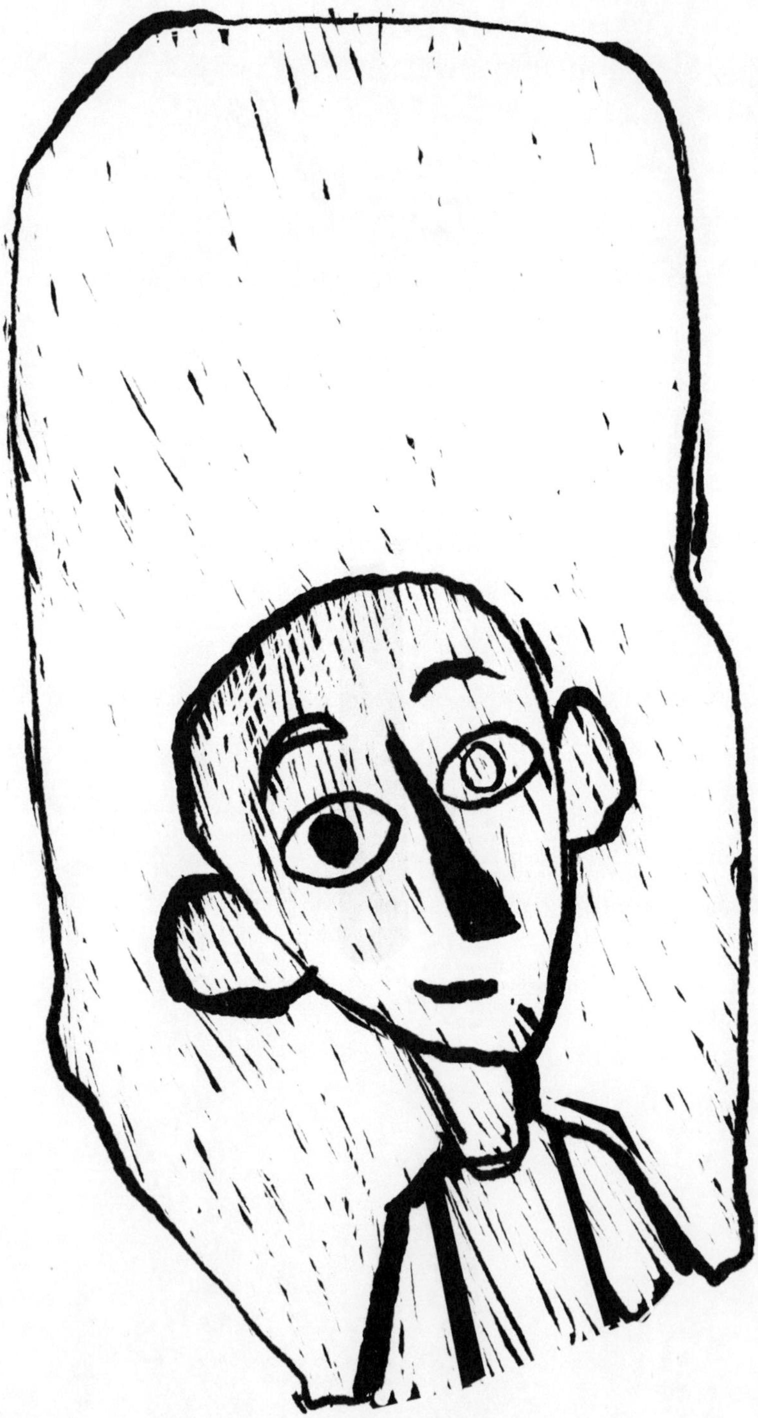

Havia um menino diferente dos outros meninos. Tinha o olho direito preto, o esquerdo azul e a cabeça pelada. Os vizinhos mangavam dele e gritavam:

– Ó pelado!

Tanto gritaram que ele se acostumou, achou o apelido certo, deu para se assinar a carvão, nas paredes: doutor Raimundo Pelado. Era de bom gênio e não se zangava; mas os garotos dos arredores fugiam ao vê-lo, escondiam-se por detrás das árvores da rua, mudavam a voz e perguntavam que fim tinham levado os cabelos dele. Raimundo entristecia e fechava o olho direito. Quando o aperreavam demais, aborrecia-se, fechava o olho esquerdo. E a cara ficava toda escura.

Não tendo com quem entender-se, Raimundo Pelado falava só, e os outros pensavam que ele estava malucando.

Estava nada! Conversava sozinho e desenhava na calçada coisas maravilhosas do país de Tatipirun, onde não há cabelos e as pessoas têm um olho preto e outro azul.

2

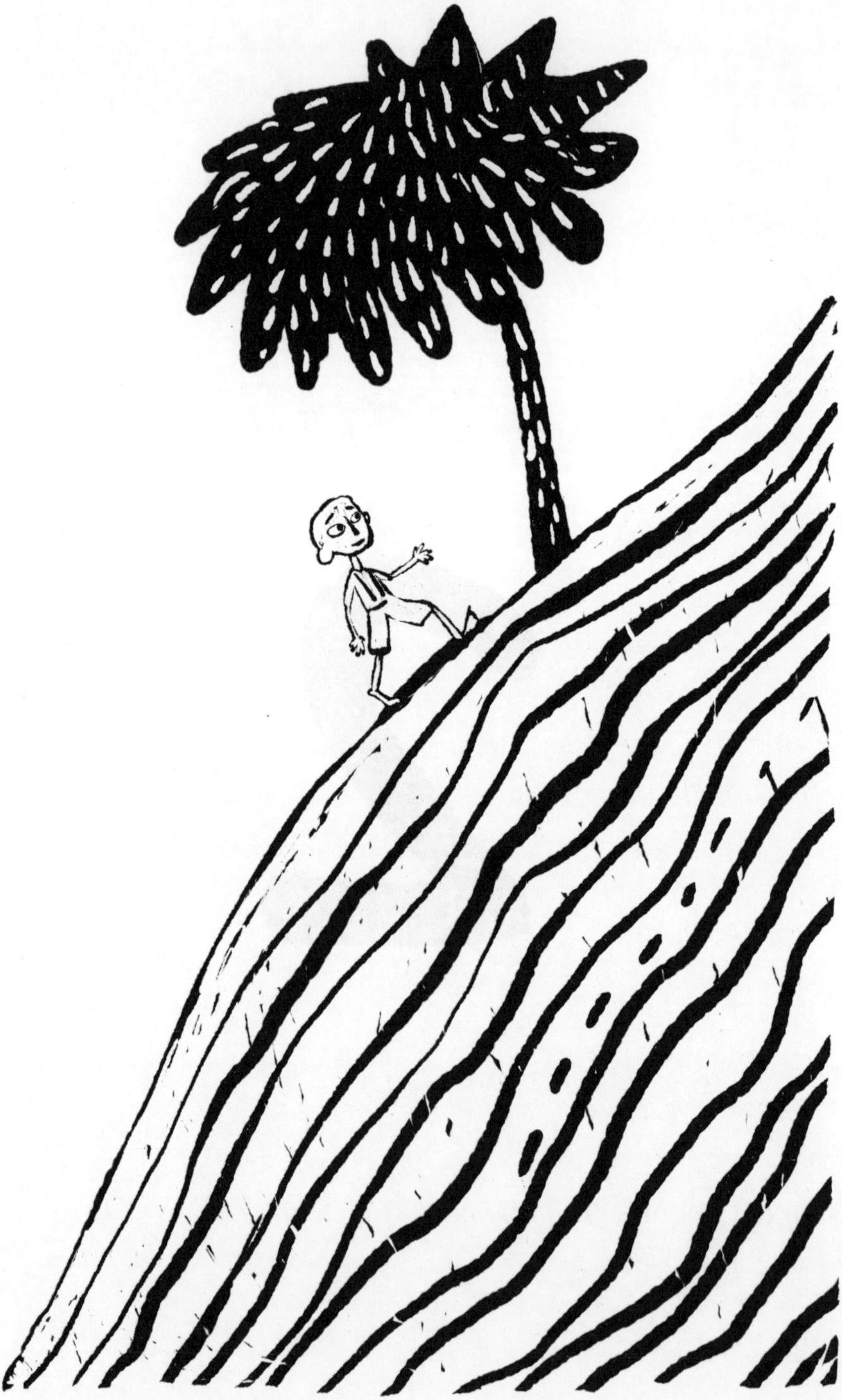

Um dia em que ele preparava, com areia molhada, a serra de Taquaritu e o rio das Sete Cabeças, ouviu os gritos dos meninos escondidos por detrás das árvores e sentiu um baque no coração.

– Quem raspou a cabeça dele? – perguntou o moleque do tabuleiro.

– Como botaram os olhos de duas criaturas numa cara? – berrou o italianinho da esquina.

– Era melhor que me deixassem quieto – disse Raimundo, baixinho.

Encolheu-se e fechou o olho direito. Em seguida, foi fechando o olho esquerdo, não enxergou mais a rua. As vozes dos moleques desapareceram, só se ouvia a cantiga das cigarras. Afinal as cigarras se calaram.

Raimundo levantou-se, entrou em casa, atravessou o quintal e ganhou o morro. Aí começaram a surgir as coisas estranhas que há na terra de Tatipirun, coisas que ele tinha adivinhado, mas nunca tinha visto. Sentiu uma grande surpresa ao notar que Tatipirun ficava ali perto de casa. Foi andando na ladeira, mas não precisava subir: enquanto caminhava, o monte ia baixando, baixando, aplanava-se como uma folha de papel. E o caminho, cheio de curvas, estirava-se como uma linha. Depois que ele passava, a ladeira tornava a empinar-se e a estrada se enchia de voltas novamente.

3

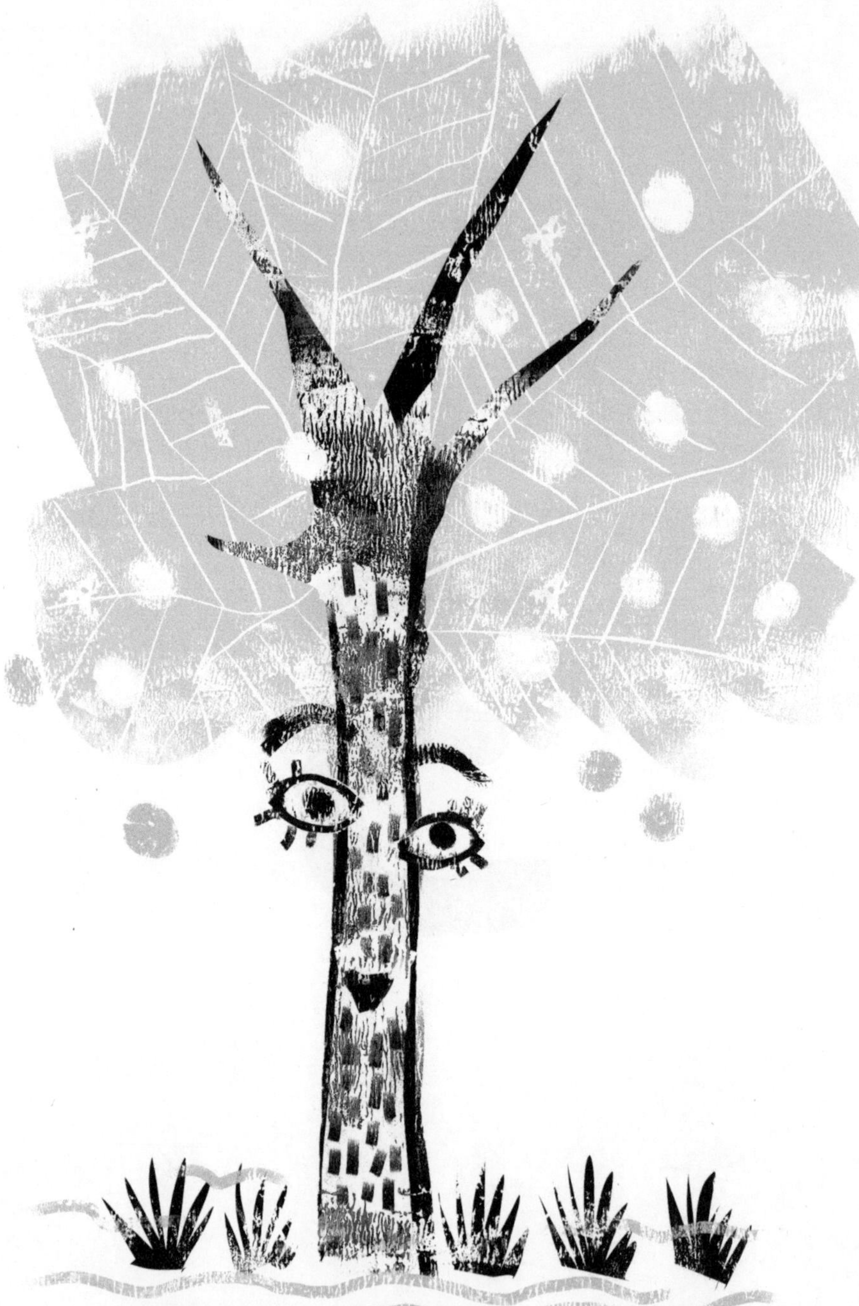

—Querem ver que isto por aqui já é a serra de Taquaritu? – pensou Raimundo.

– Como é que você sabe? – roncou um automóvel perto dele.

O pequeno voltou-se assustado e quis desviar-se, mas não teve tempo. O automóvel estava ali em cima, pega não pega. Era um carro esquisito: em vez de faróis, tinha dois olhos grandes, um azul, outro preto.

– Estou frito – suspirou o viajante, esmorecendo.

Mas o automóvel piscou o olho preto e animou-o com um riso grosso de buzina:

– Deixe de besteira, seu Raimundo. Em Tatipirun nós não atropelamos ninguém.

Levantou as rodas da frente, armou um salto, passou por cima da cabeça do menino, foi cair cinquenta metros adiante e continuou a rodar fonfonando. Uma laranjeira que estava no meio da estrada afastou-se para deixar a passagem livre, e disse, toda amável:

– Faz favor.

– Não se incomode – agradeceu o pequeno. – A senhora é muito educada.

– Tudo aqui é assim – respondeu a laranjeira.

– Está se vendo. A propósito, por que é que a senhora não tem espinhos?

– Em Tatipirun ninguém usa espinhos – bradou a laranjeira, ofendida. – Como se faz semelhante pergunta a uma planta decente?

— É que sou de fora — gemeu Raimundo envergonhado. — Nunca andei por estas bandas. A senhora me desculpe. Na minha terra os indivíduos de sua família têm espinhos.

— Aqui era assim antigamente — explicou a árvore. — Agora os costumes são outros. Hoje em dia, o único sujeito que ainda conserva esses instrumentos perfurantes é o espinheiro-bravo, um tipo selvagem, de maus bofes. Conhece-o?

— Eu não, senhora. Não conheço ninguém por esta zona.

— É bom não conhecer. Aceita uma laranja?

— Se a senhora quiser dar, eu aceito.

A árvore baixou um ramo e entregou ao pirralho uma laranja madura e grande.

— Muito obrigado, dona Laranjeira. A senhora é uma pessoa direita. Adeus! Tem a bondade de me ensinar o caminho?

— É esse mesmo. Vá seguindo sempre. Todos os caminhos são certos.

— Eu queria ver se encontrava os meninos pelados.

— Encontra. Vá seguindo. Andam por aí.

— Uns que têm um olho azul e outro preto?

— Sem dúvida. Toda gente tem um olho azul e outro preto.

— Pois até logo, dona Laranjeira. Passe bem.

— Divirta-se.

4

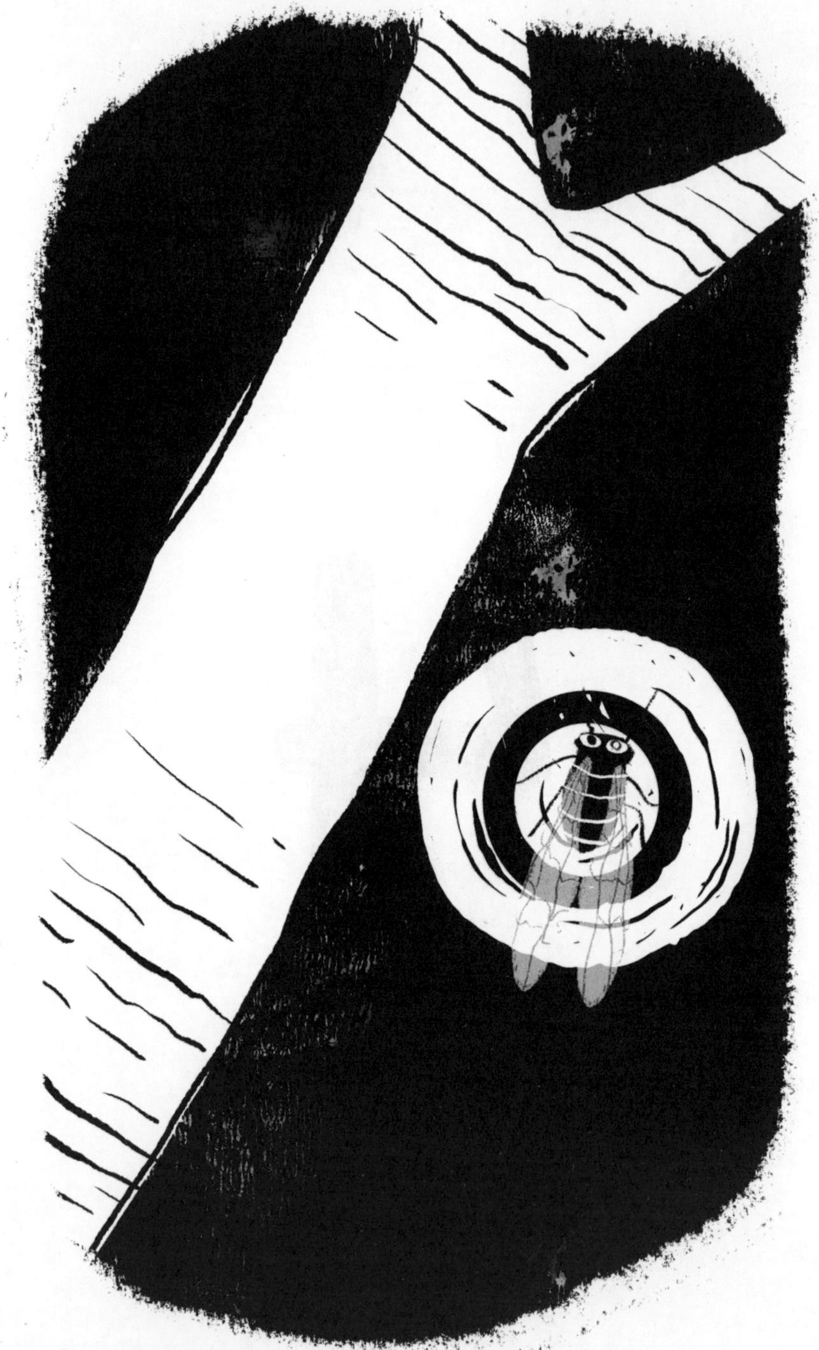

Raimundo continuou a caminhada, chupando a laranja e escutando as cigarras, umas cigarras graúdas que passavam sobre enormes discos de eletrola. Os discos giravam, soltos no ar, as cigarras não descansavam e havia em toda a parte músicas estranhas, como nunca ninguém ouviu. Aranhas vermelhas balançavam-se em teias que se estendiam entre os galhos, teias brancas, azuis, amarelas, verdes, roxas, cor das nuvens do céu e cor do fundo do mar. Aranhas em quantidade. Os discos moviam-se, sombras redondas projetavam-se no chão, as teias agitavam-se como redes.

Raimundo deixou a serra de Taquaritu e chegou à beira do rio das Sete Cabeças, onde se reuniam os meninos pelados, bem uns quinhentos, alvos e escuros, grandes e pequenos, muito diferentes uns dos outros. Mas todos eram absolutamente calvos, tinham um olho preto e outro azul.

5

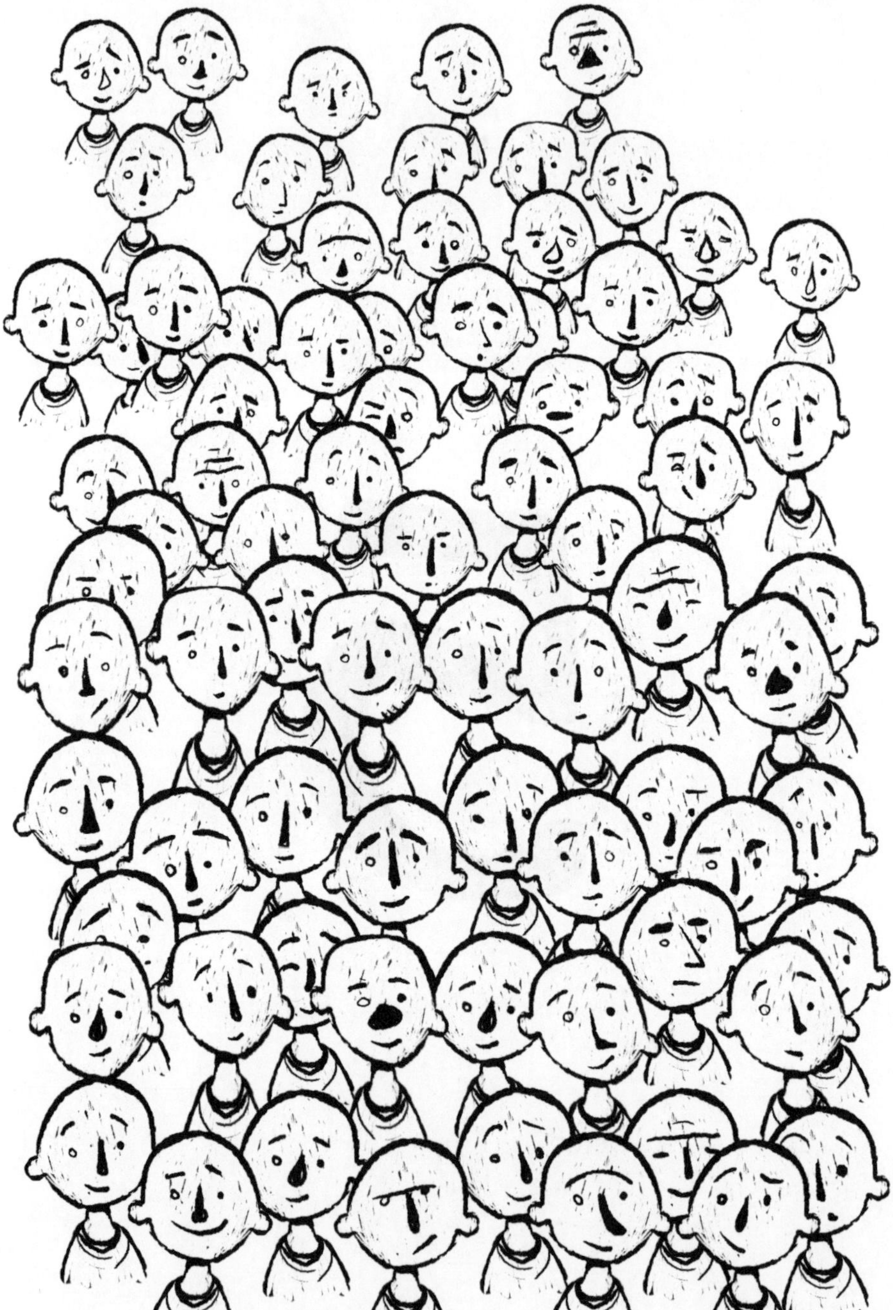

O viajante rondou por ali uns minutos, receoso de puxar conversa, pensando nos garotos que zombavam dele na rua. Foi-se chegando e sentou-se numa pedra, que se endireitou para recebê-lo. Um rapazinho aproximou-se, examinou-lhe, admirado, a roupa e os sapatos. Todos ali estavam descalços e cobertos de panos brancos, azuis, amarelos, verdes, roxos, cor das nuvens do céu e cor do fundo do mar, inteiramente iguais às teias que as aranhas vermelhas fabricavam.

– Eu queria saber se isto aqui é o país de Tatipirun – começou Raimundo.

– Naturalmente – respondeu o outro. – Donde vem você?

Raimundo inventou um nome para a cidade dele que ficou importante:

– Venho de Cambacará. Muito longe.

– Já ouvimos falar – declarou o rapaz. – Fica além da serra, não é isto?

– É isso mesmo. Uma terra de gente feia, cabeluda, com olhos de uma cor só. Fiz boa viagem e tive algumas aventuras.

– Encontrou a Caralâmpia?

– É uma laranjeira?

– Que laranjeira! É menina.

– Como ele é bobo! – gritaram todos rindo e dançando. – Pensa que a Caralâmpia é laranjeira.

6

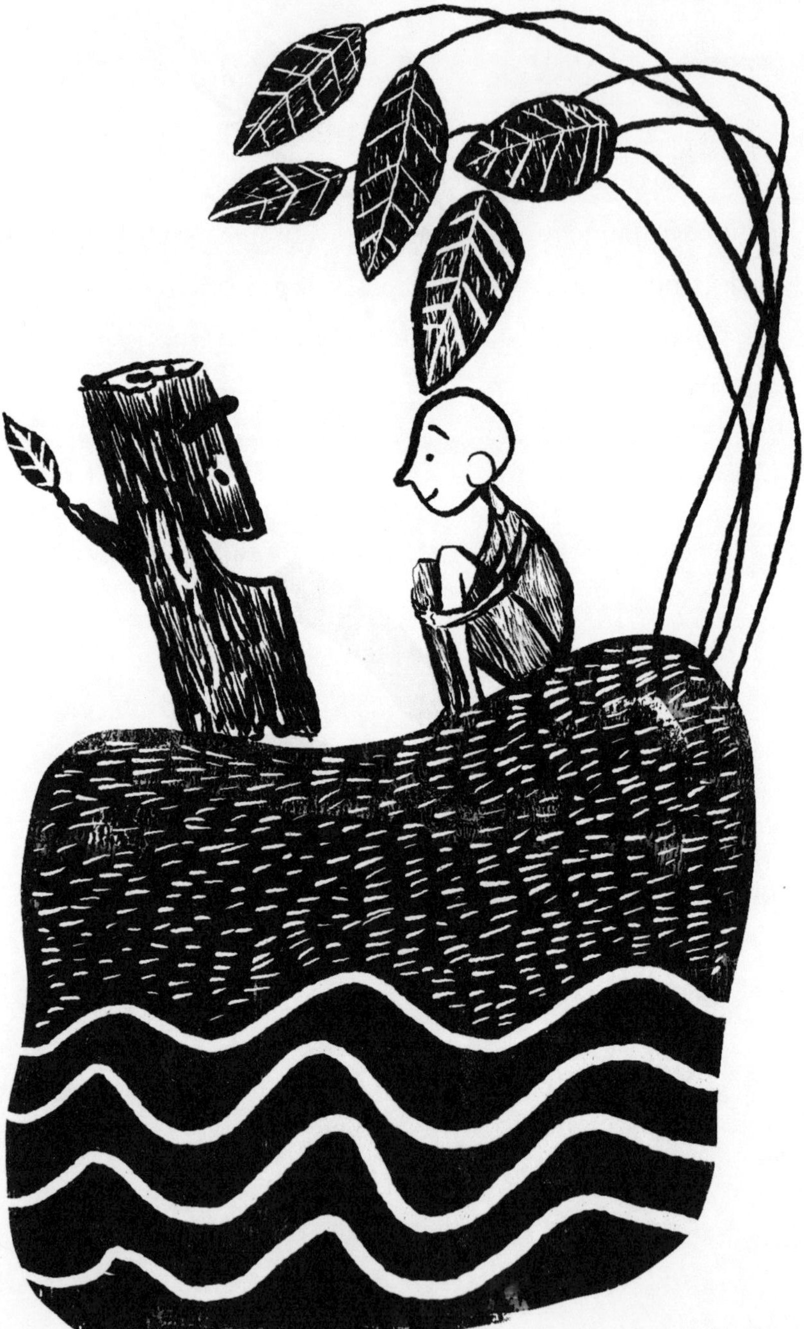

Raimundo levantou-se trombudo e saiu às pressas, tão encabulado que não enxergou o rio. Ia caindo dentro dele, mas as duas margens se aproximaram, a água desapareceu, e o menino com um passo chegou ao outro lado, onde se escondeu por detrás dum tronco. A terra se abriu de novo, a correnteza tornou a aparecer, fazendo um barulho grande.

– Por que é que você se esconde? – perguntou o tronco baixinho. – Está com medo?

– Não, senhor. É que eles caçoaram de mim porque eu não conheço a Caralâmpia.

O tronco soltou uma risada e pilheriou:

– Deixe de tolice, criatura. Você se afogando em pouca água! As crianças estavam brincando. É uma gente boa.

– Sempre ouvi dizer isso. Mas debicaram comigo porque eu não conheço a Caralâmpia.

– Bobagem. Deixe de melindres.

– É mesmo – concordou Raimundo. – Eu pensava nos moleques que faziam troça de mim, em Cambacará. O senhor está descansando, hein?

– É. Estou aposentado, já vivi demais.

Raimundo levantou-se:

– Bem, seu Tronco. Eu vou andando.

– Espera aí. Um instante. Quero apresentá-lo à aranha vermelha, amiga velha que me visita sempre. Está aqui, vizinha. Este rapaz é nosso hóspede.

7

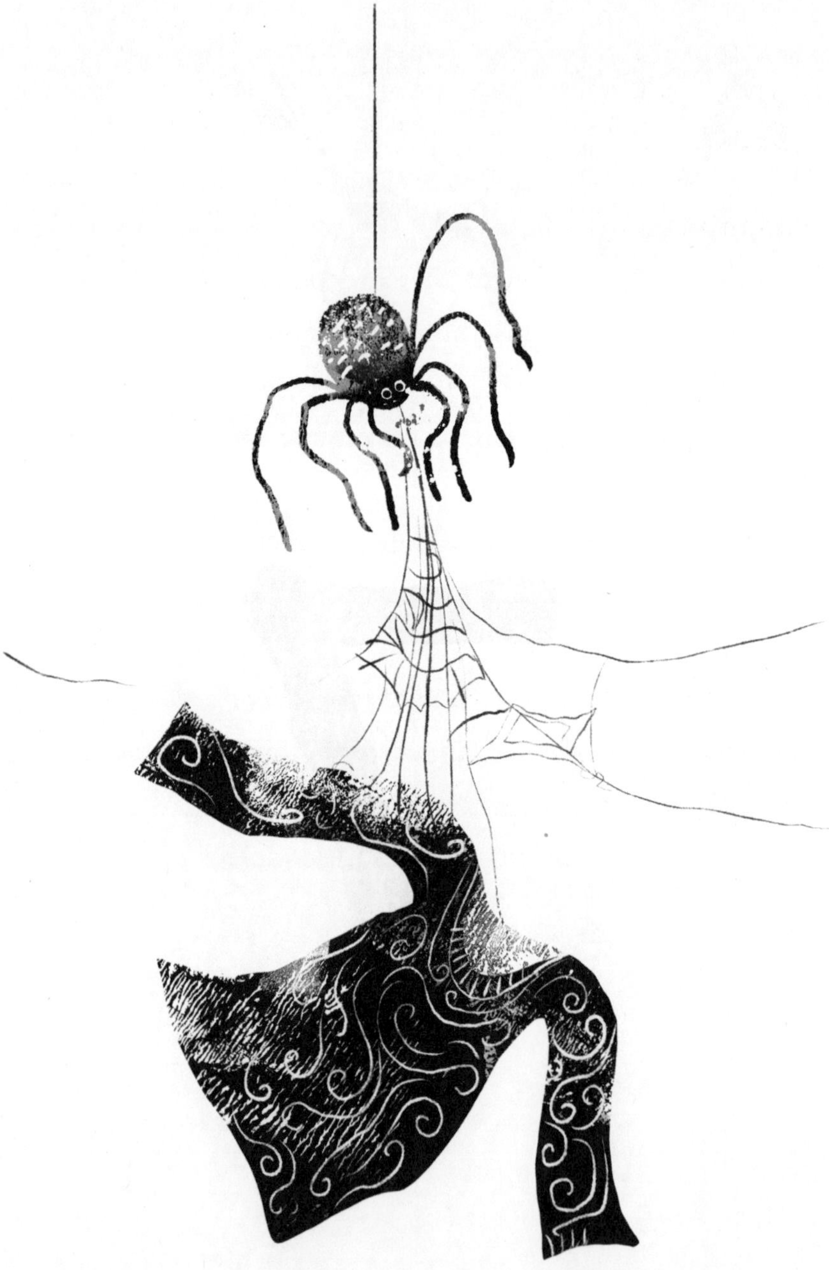

Aaranha vermelha balançou-se no fio, espiando o menino por todos os lados. O fio se estirou até que o bichinho alcançou o chão. Raimundo fez um cumprimento:

— Boa tarde, dona Aranha. Como vai a senhora?

— Assim, assim — respondeu a visitante. — Perdoe a curiosidade. Por que é que você põe esses troços em cima do corpo?

— Que troços? A roupa? Pois eu havia de andar nu, dona Aranha? A senhora não está vendo que é impossível?

— Não é isso, filho de Deus. Esses arreios que você usa são medonhos. Tenho ali umas túnicas no galho onde moro. Muito bonitas. Escolha uma.

Raimundo chegou-se à árvore próxima e examinou desconfiado uns vestidos feitos daquele tecido que as aranhas vermelhas preparam. Apalpou a fazenda, tentou rasgá-la, chegou-a ao rosto para ver se era transparente. Não era.

— Eu nem sei se poderei vestir isto — começou hesitando. — Não acredito...

— Que é que você não acredita? — perguntou a proprietária da alfaiataria.

— A senhora me desculpa — cochichou Raimundo. — Não acredito que a gente possa vestir roupa de teia de aranha.

— Que teia de aranha! — rosnou o tronco. — Isso é seda e da boa. Aceite o presente da moça.

— Então muito obrigado — gaguejou o pirralho. — Vou experimentar.

8

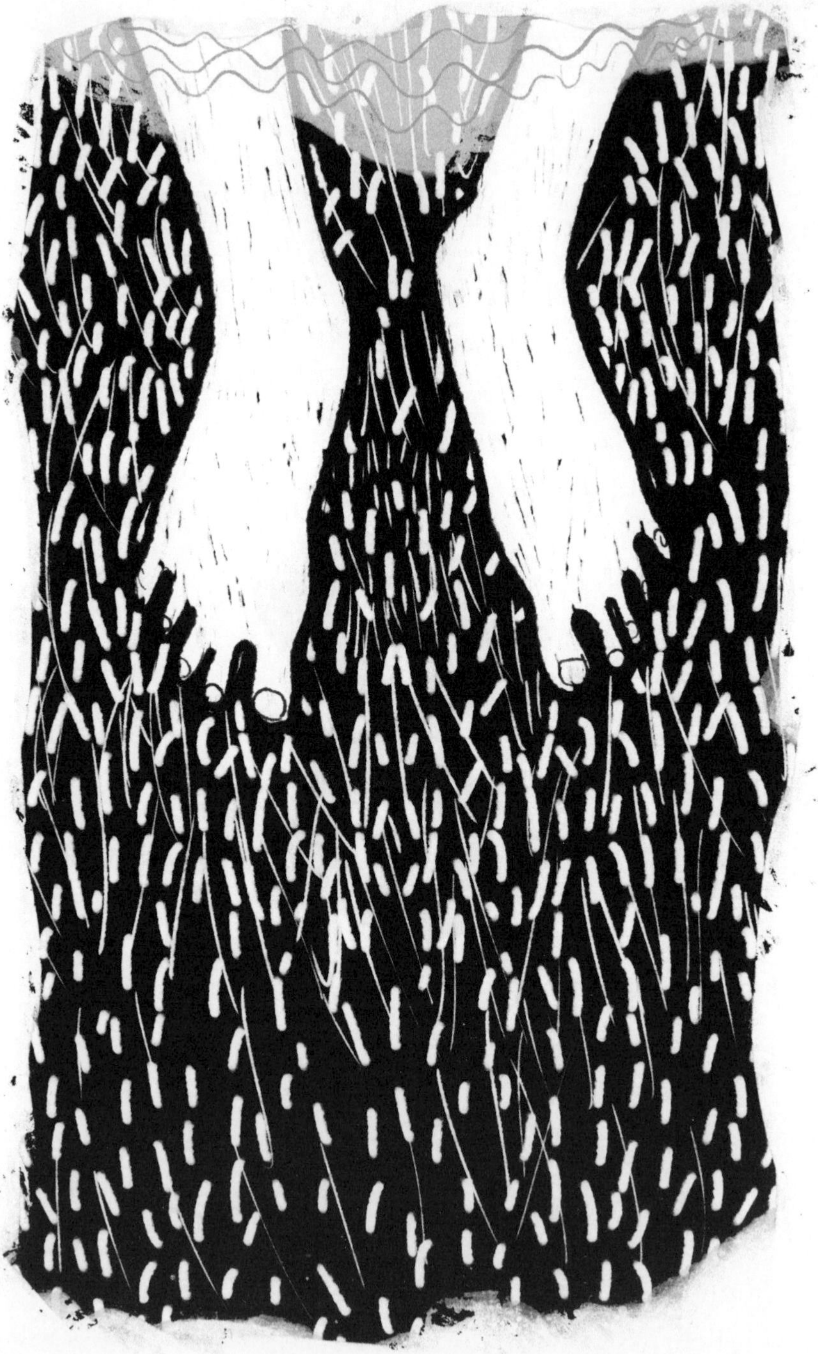

Escolheu uma túnica azul, escondeu-se no mato e, passados minutos, tornou a mostrar-se vestido como os habitantes de Tatipirun. Descalçou-se e sentiu nos pés a frescura e a maciez da relva. Lá em cima os enormes discos de eletrola giravam; as cigarras chiavam músicas em cima deles, músicas como ninguém ouviu; sombras redondas espalhavam-se no chão.

– Este lugar é ótimo – suspirou Raimundo. – Mas acho que preciso voltar. – Preciso estudar a minha lição de geografia.

Nisto ouviu uma algazarra e viu através dos ramos a população de Tatipirun correndo para ele:

– Cadê o menino que veio de Cambacará?

Eram milhares de criaturas miúdas, de cinco a dez anos, todas cobertas de teias de aranha, descalças, um olho preto e outro azul, as cabeças peladas nuas. Não havia pessoas grandes, naturalmente.

– Cadê o menino que veio de Cambacará?

– Que negócio têm comigo? – resmungou o pequeno alarmado. – Parece uma procissão.

– Parece um "meeting" – disse uma rã que pulou da beira do rio.

– Parece um teatro – cantou um pardal.

Raimundo pôs-se a rir:

– Que passarinho besta! Ele pensa que teatro é gente. Teatro é casa.

– Eu estou falando nos sujeitos que estão dentro do teatro – pipilou o pardal.

– Bem, isso é outra cantiga – concordou Raimundo.

9

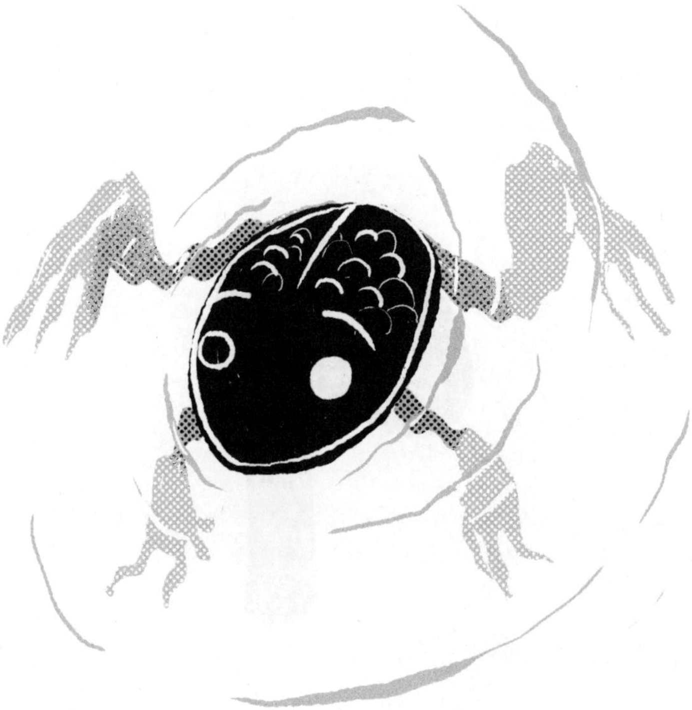

— Cadê o menino que veio de Cambacará? – gritava o povaréu.

– Essa tropa não sabe geografia – disse Raimundo. – Cambacará não existe.

– E por que é que não existe? – perguntou a rã.

– Não existe não, sinha Rã. Foi um nome que eu inventei.

– Pois faz de conta que existe – ensinou a bicha. – Sempre existiu.

– A senhora tem certeza?

– Naturalmente.

– Então existe.

A rã fechou o olho preto, abriu o azul e foi descansar numa poça d'água.

– Cadê o menino que veio de Cambacará?

– Estou aqui, pessoal – bradou Raimundo. – Que é que há?

O rio se fechou de repente e a multidão passou por ele num instante. Depois as margens se afastaram, a água tornou a aparecer.

– Que rio interessante! – exclamou Raimundo. – Deve ter um maquinismo por dentro.

– Por que foi que você fugiu de nós? – perguntou o rapazinho que tinha falado sobre a Caralâmpia.

– Espere aí. Eu já digo. Como é o seu nome?

– Pirenco.

– Que nome engraçado! Pirenco! Não há ninguém com esse nome.

– Eu sou Pirenco – replicou o outro.

– Pois sim. Não discutamos. Vamos ao caso do rio. Tem algum maquinismo por dentro?

– Não tem maquinismo nenhum – disse uma garota de túnica amarela. – Todos os rios são assim.

– Claro! – concordou Pirenco. – Essa é a Talima.

– Prazer em conhecê-la, Talima. Você é bonita.

– E boa – interrompeu um menino sardento. – Meio desparafusada, mas um coraçãozinho de açúcar. Aquela é a Sira.

– O tronco me falou em vocês todos. Como vai, Sira?

– Por que foi que você fugiu da gente?

Raimundo ficou acanhado, as orelhas pegando fogo:

– Sei lá! Burrice. Julguei que estivessem troçando de mim. Eu não tinha obrigação de conhecer a Caralâmpia. Quem é a Caralâmpia?

– Onde andará ela? – inquiriu o sardento.

– Sumiu-se – explicou Talima. – Foi uma menina que virou princesa.

– Caso triste – gemeu uma criatura miúda, de dois palmos. – Quando penso que pode ter acontecido alguma desgraça...

10

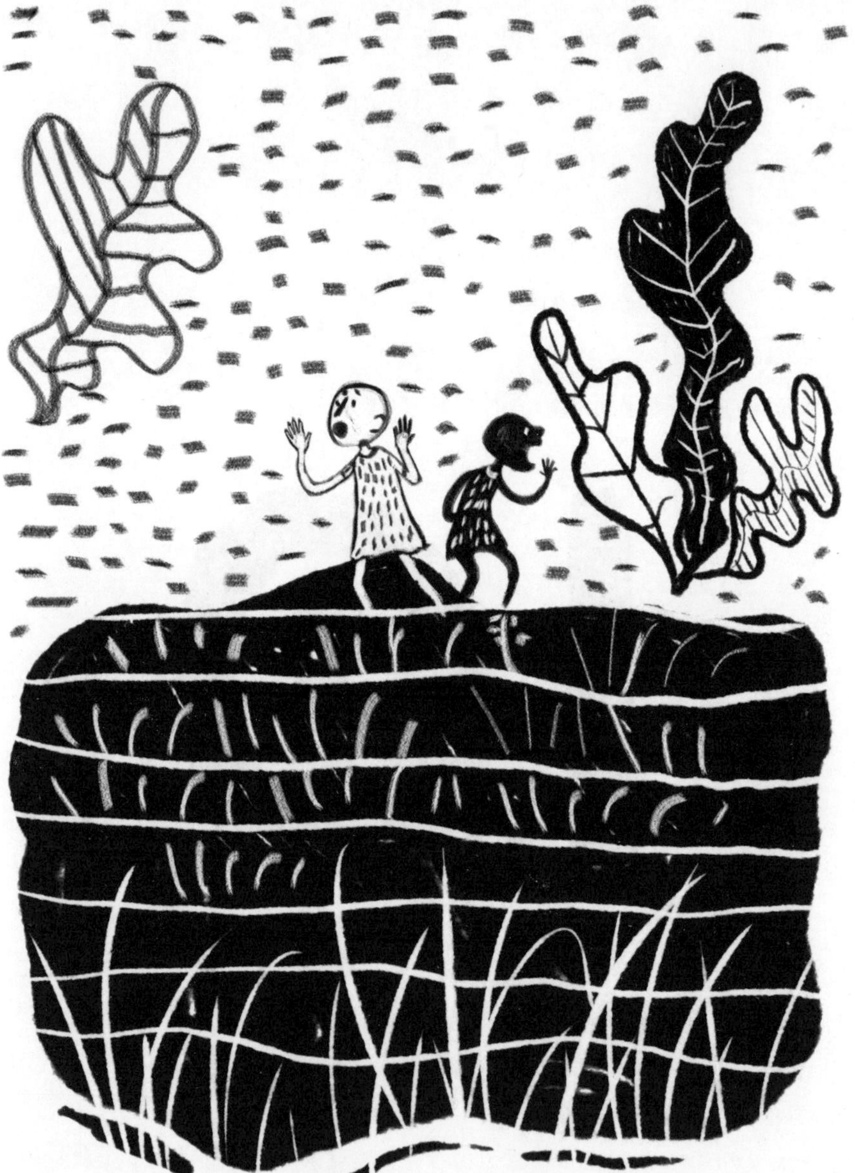

Talima baixou-se e consolou o anão:

— Cala a boca, nanico. Não há desgraça.

— Imaginem que ela encontrou o espinheiro-bravo e espetou os dedos.

— Encontrou nada!

— Pode ter crescido e ido morar em Cambacará.

— Não foi não — informou Raimundo. — Não vi lá ninguém destas bandas. Como é a figura dela?

— É uma menina pálida, alta e magra.

— Princesa?

— É. Sempre teve jeito de princesa. Agora virou princesa e levou sumiço.

— Que infelicidade! — choramingou o anão.

— Vamos procurar a Caralâmpia — convidou Talima. — Deixe de choradeira, nanico.

— Já deixei — murmurou o anãozinho enxugando os olhos.

Saíram todos, gritando, pedindo informações a paus e bichos. O sardento ia devagar, distraído. Puxou Raimundo por um braço:

— Eu tenho um projeto.

— Estou receando que anoiteça — exclamou Raimundo. — Se a noite pegar a gente aqui no campo... Era melhor entrar em casa e deixar a Caralâmpia para amanhã.

— O meu projeto é curioso — insistiu o sardento —, mas parece que este povo não me compreende.

— É sempre assim — disse Raimundo. — Faltará muito para o sol se pôr?

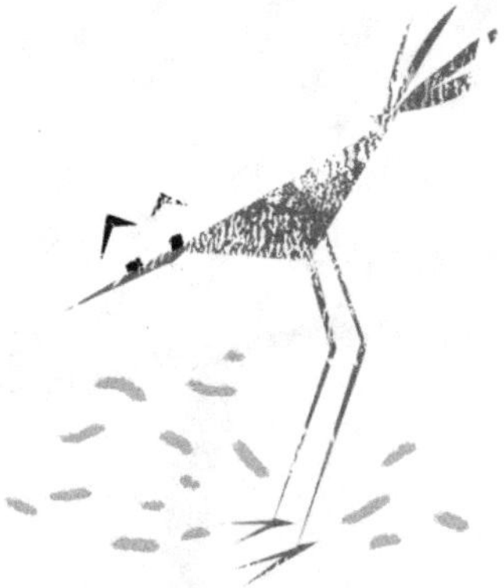

11

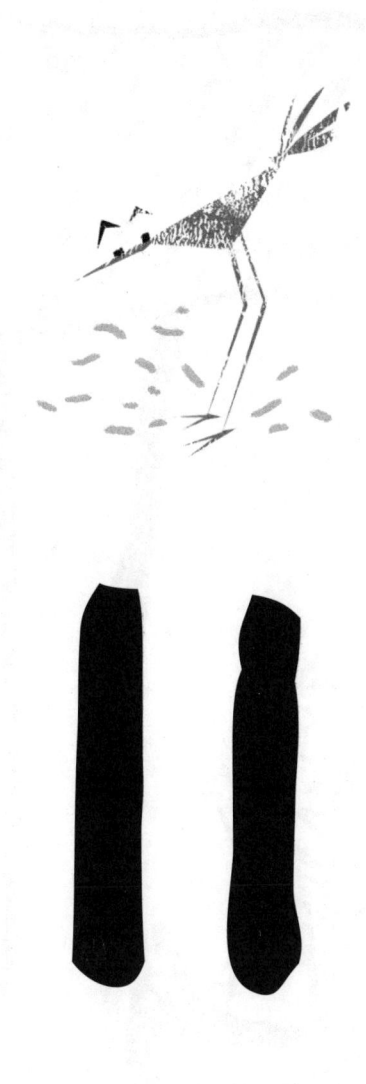

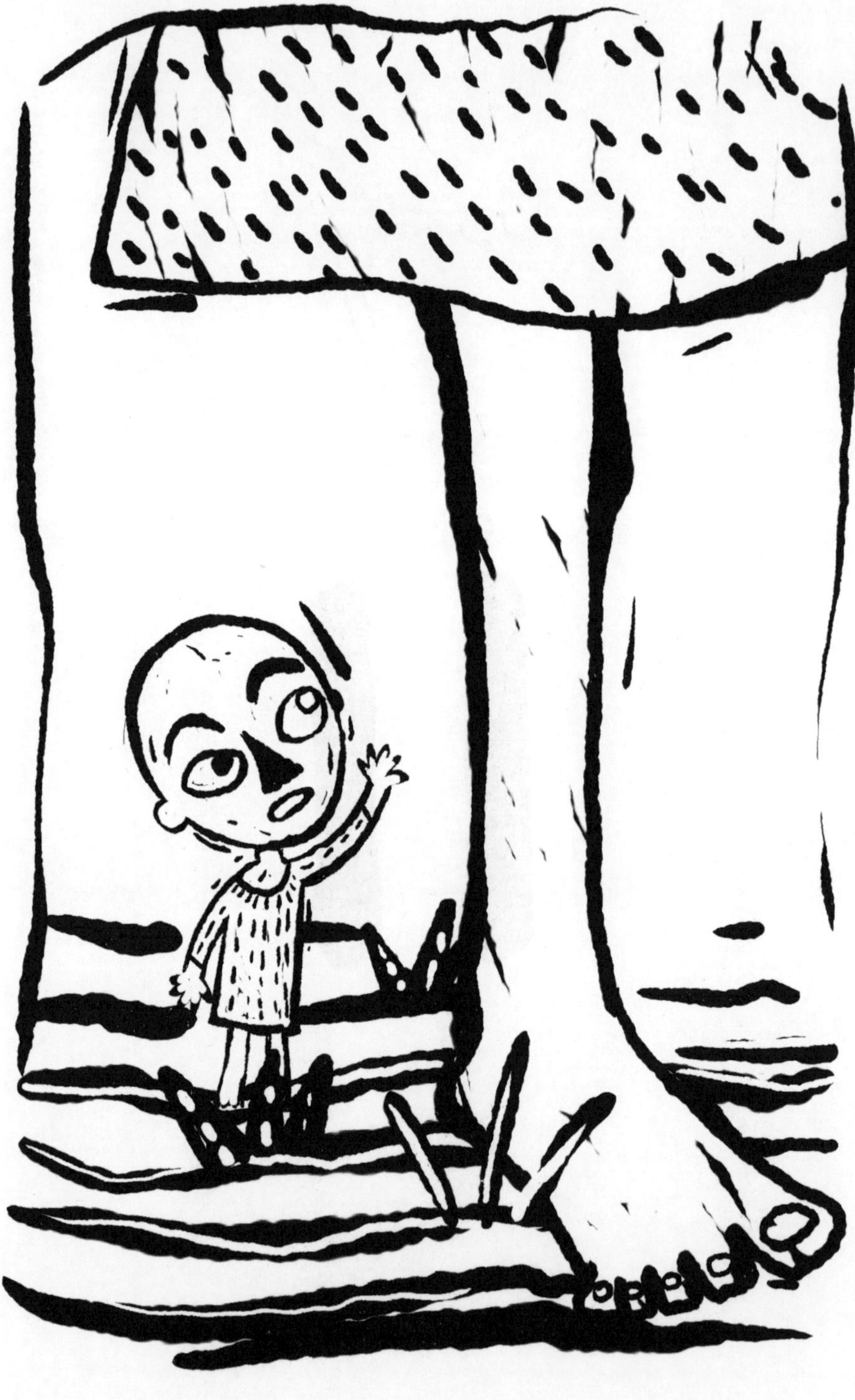

O anãozinho bateu na perna dele:
— Nós nos esquecemos de perguntar como é que você se chama.

— Raimundo. Sou muito conhecido. Até os troncos, as laranjeiras e os automóveis me conhecem.

— Raimundo é um nome feio — atalhou Pirenco.

— Muda-se — opinou o anão.

— Em Cambacará eu me chamava Raimundo. Era o meu nome.

— Isso não tem importância — decidiu Talima. — Fica sendo Pirundo.

— Pirundo não quero.

— Então é Mundéu.

— Também não presta. Mundéu é uma geringonça de pegar bicho.

— Pois fica Raimundo mesmo.

— Está direito. Eu queria saber como a gente se arranja de noite.

— Que noite?

— A noite, a escuridão, isso que vem quando o sol se deita.

— Besteira! — exclamou o anão. — Uma pessoa taluda afirmando que o sol se deita! Quem já viu sol se deitar?

— Essa coisa que chega quando a Terra vira — emendou Raimundo. — A noite, percebem? Quando a Terra vira para o outro lado.

— Ele vem cheio de fantasias — asseverou Talima. — Escute, Fringo. Ele cuida que a Terra vira.

12

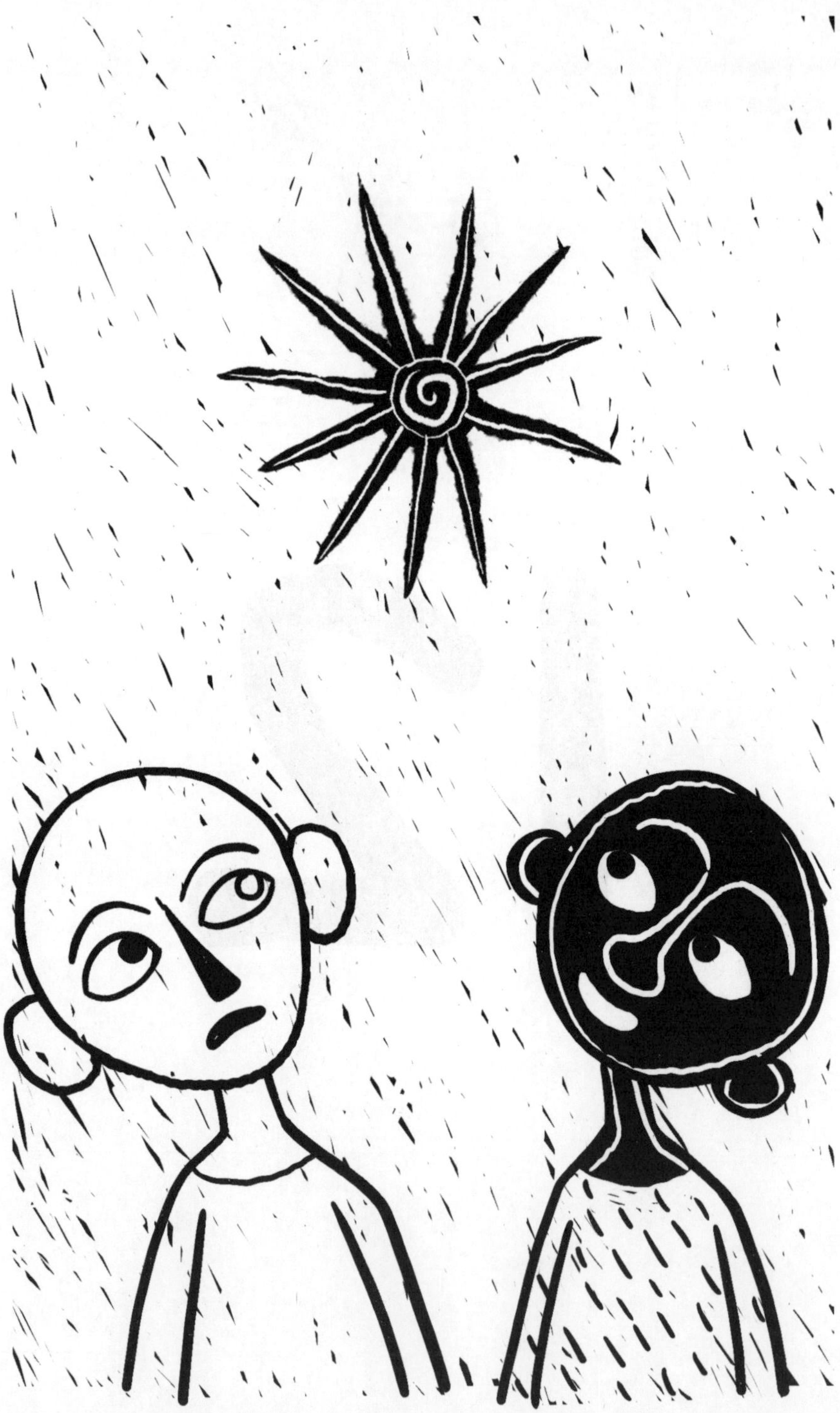

Fringo, um menino preto, estirou o beiço e bocejou:
— Ilusões.
— Qual nada! Vira. Em Cambacará ninguém ignora isto. Vá lá e pergunte. Vira para um lado, tudo fica no claro, a gente, as árvores, as rãs, os pardais, os rios e as aranhas. Vira para o outro lado, não se vê nada, é aquele pretume. Natural. Todos os dias se dá.
— É engano — interrompeu Fringo.
— Não há noite?
— Há o que você está vendo.
— Não escurece, o sol não muda de lugar...
— Nada disso.
— Está bom. Preciso consertar o meu estudo de geografia.
Continuaram a marcha, andaram muito, e nenhuma notícia de Caralâmpia. O sol permanecia no mesmo ponto, no meio do céu. Nem manhã nem tarde. Uma temperatura amena, invariável.
— Deve haver um maquinismo de relógio lá por cima — calculou Raimundo. — Vão ver que ele perdeu a corda e parou.
— Quer ouvir o meu projeto? — interrompeu o sardento.
— Vamos lá — acedeu Raimundo. — Mas antes me tire uma dúvida. Vocês não descansam nunca?
— Descansamos — explicou o outro. — Quando a gente está fatigada, deita-se e fecha um olho.
— O olho preto ou o azul?
— Isso é conforme. Fecha-se um olho. O outro fica aberto, vendo tudo.

13

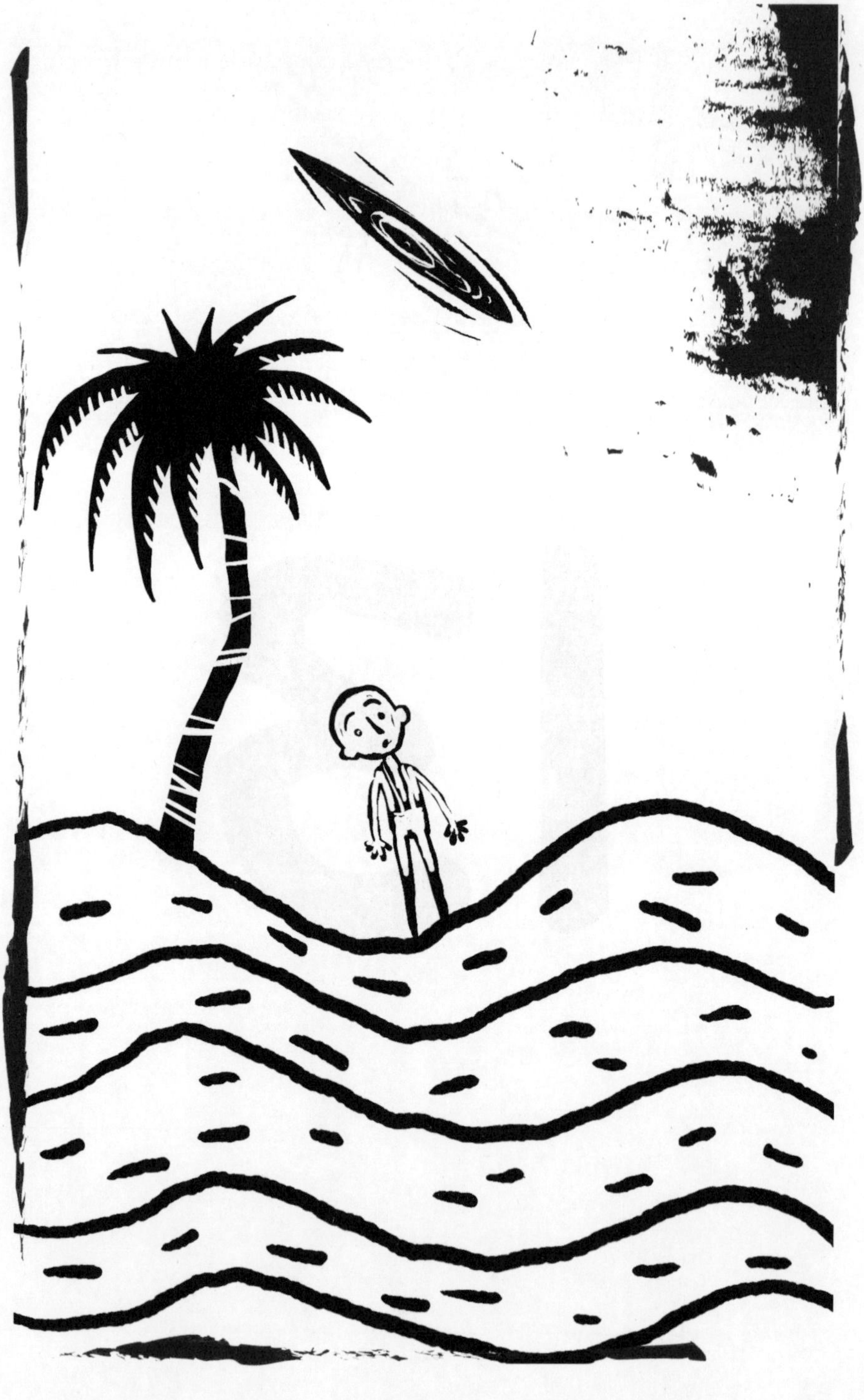

— Pois eu acho que está chegando a hora de voltar e descansar.

— Voltar para onde?

— Voltar para a beira do rio, entrar em casa, dormir.

— Não vale a pena. Se quer ver o rio, é tocar para a frente. O rio das Sete Cabeças faz muitas curvas. Adiante aparece uma delas. Aqui nós nunca voltamos. Vou contar o meu projeto.

— É bom. Conte. Mas andando à toa, sem destino, como é que vocês entram em casa?

— Entrar em coisa nenhuma! A gente se deita no chão.

— Macio, realmente. E as casas?

— Não entendo.

— Pois vou chamar o Pirenco. Venha cá, seu Pirenco. Onde estão as casas?

Talima encolheu os ombros:

— Ele veio de Cambacará cheio de ideias extravagantes.

— Perguntas insuportáveis — acrescentou Sira.

Raimundo observou os quatro cantos, não viu nenhuma construção.

— Está bem, não teimamos. Vocês dormem no mato, como bichos.

— Descansamos à sombra dessas rodas que giram — disse Fringo.

— Debaixo dos discos de eletrola. Sim senhor, bonitas casas. E quando chove?

— Quando chove?

– Sim. Quando vem a água lá de cima, vocês não se ensopam?
– Não acontece isso.
Raimundo abriu a boca e deu uma pancada na testa:
– Que lugar! Não faz calor nem frio, não há noite, não chove, os paus conversam. Isto é um fim de mundo.

14

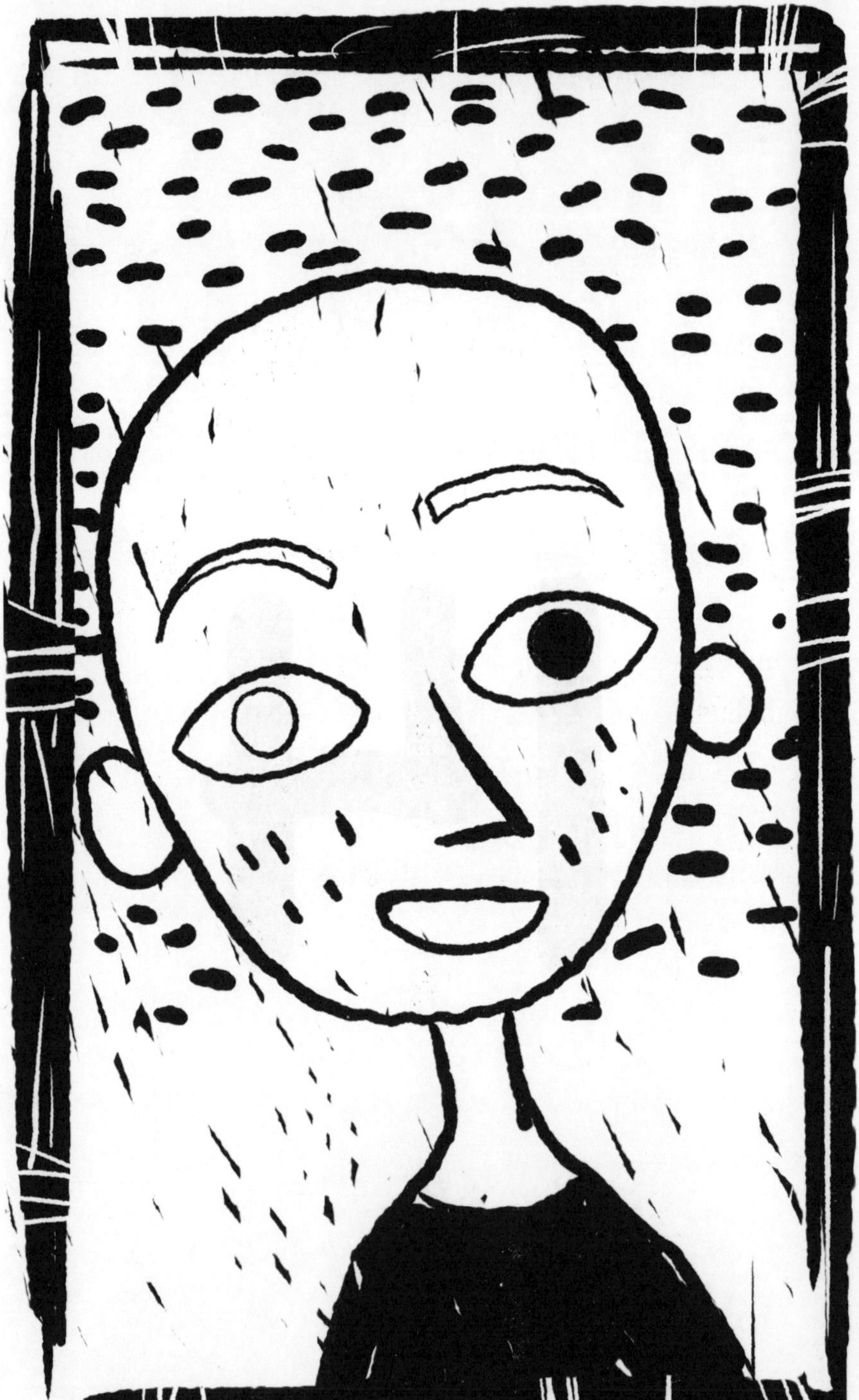

— Quer ouvir o meu projeto? – segredou o menino sardento.

– Ah! sim. Ia-me esquecendo. Acabe depressa.

– Eu vou principiar. Olhe a minha cara. Está cheia de manchas, não está?

– Para dizer a verdade, está.

– É feia demais assim?

– Não é muito bonita não.

– Também acho. Nem feia nem bonita.

– Vá lá. Nem feia nem bonita. É uma cara.

– É. Uma cara assim assim. Tenho visto nas poças d'água. O meu projeto é este: podíamos obrigar toda a gente a ter manchas no rosto. Não ficava bom?

– Para quê?

– Ficava mais certo, ficava tudo igual.

Raimundo parou sob um disco de eletrola, recordou os garotos que mangavam dele.

15

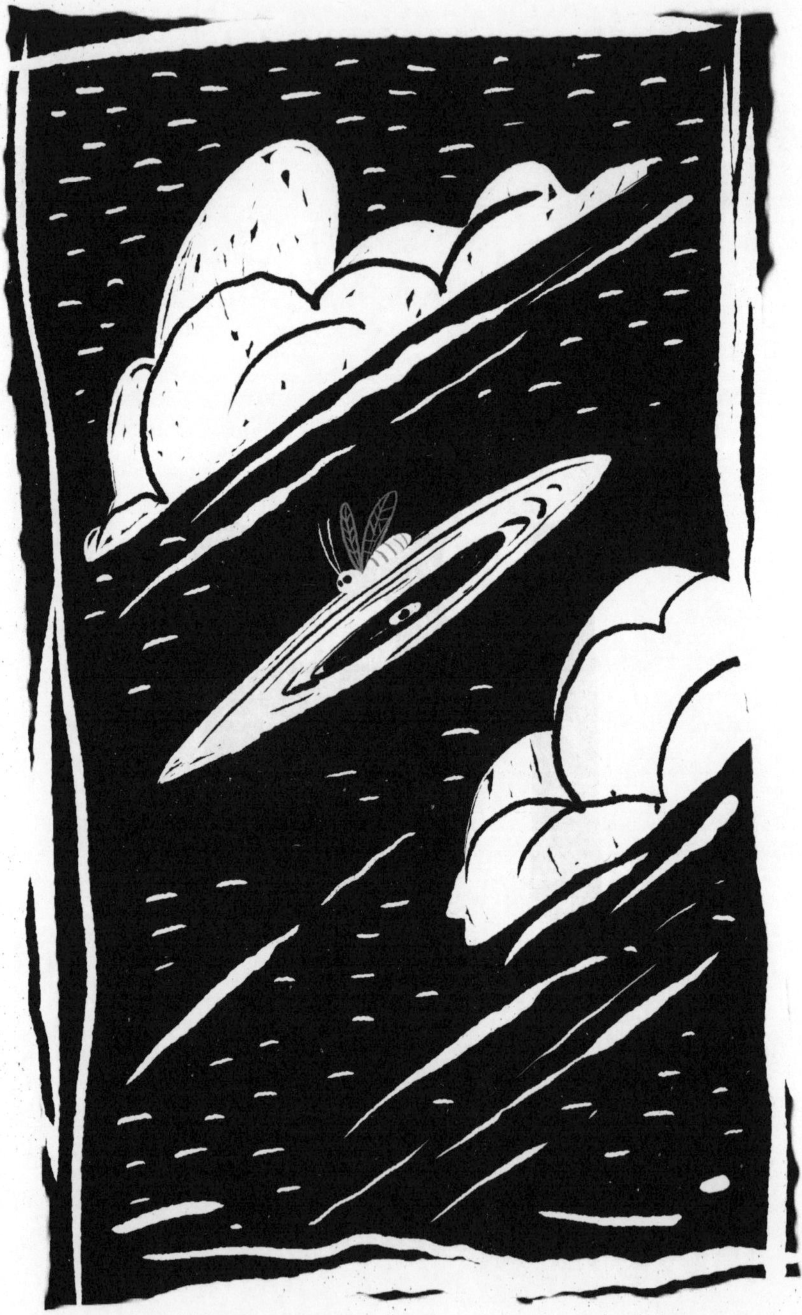

A cigarra lá de cima interrompeu a cantiga, estirou a cabecinha. Era uma cigarra gorda e tinha um olho preto, outro azul.

– Qual é a sua opinião? – perguntou o sardento.

Raimundo hesitou um minuto:

– Não sei não. Eles caçoam de você por causa da sua cara pintada?

– Não. São muito boas pessoas. Mas se tivessem manchas no rosto, seriam melhores.

A aranha vermelha deu um balanço no fio e chegou ao disco de eletrola:

– Que história é aquela?

– Palavreado à toa – explicou a dona da casa.

– À toa nada! – bradou o sardento. – Cigarra e aranha não têm voto. Cada macaco no seu galho. Isto é um assunto que interessa exclusivamente aos meninos.

– Eu aqui represento a indústria dos tecidos – replicou a aranha arregalando o olho preto e cerrando o azul.

– E eu sou artista – acrescentou a cigarra. – Palavreado à toa.

Raimundo esfregou as mãos, constrangido, olhou os discos e as teias coloridas que se agitavam.

– Parece que elas têm direito de opinar. São importantes, são umas sabichonas.

– Direito de dizer besteiras! – resmungou o sardento.

– Não senhor. A cigarra tem razão. Palavreado à toa.

– Então você acha o meu projeto ruim?

– Para falar com franqueza, eu acho. Não presta não. Como é que você vai pintar esses meninos todos?

– Ficava mais certo.

– Ficava nada! Eles não deixam.

– Era bom que fosse tudo igual.

– Não senhor, que a gente não é rapadura. Eles não gostam de você? Gostam. Não gostam do anão, do Fringo? Está aí. Em Cambacará não é assim, aborrecem-me por causa da minha cabeça pelada e dos meus olhos. Tinha graça que o anão quisesse reduzir os outros ao tamanho dele. Como havia de ser?

– Eu sei lá! – rosnou o sardento amuado. – O caso do anão é diferente. Parece que ninguém me entende. Vamos procurar os outros?

16

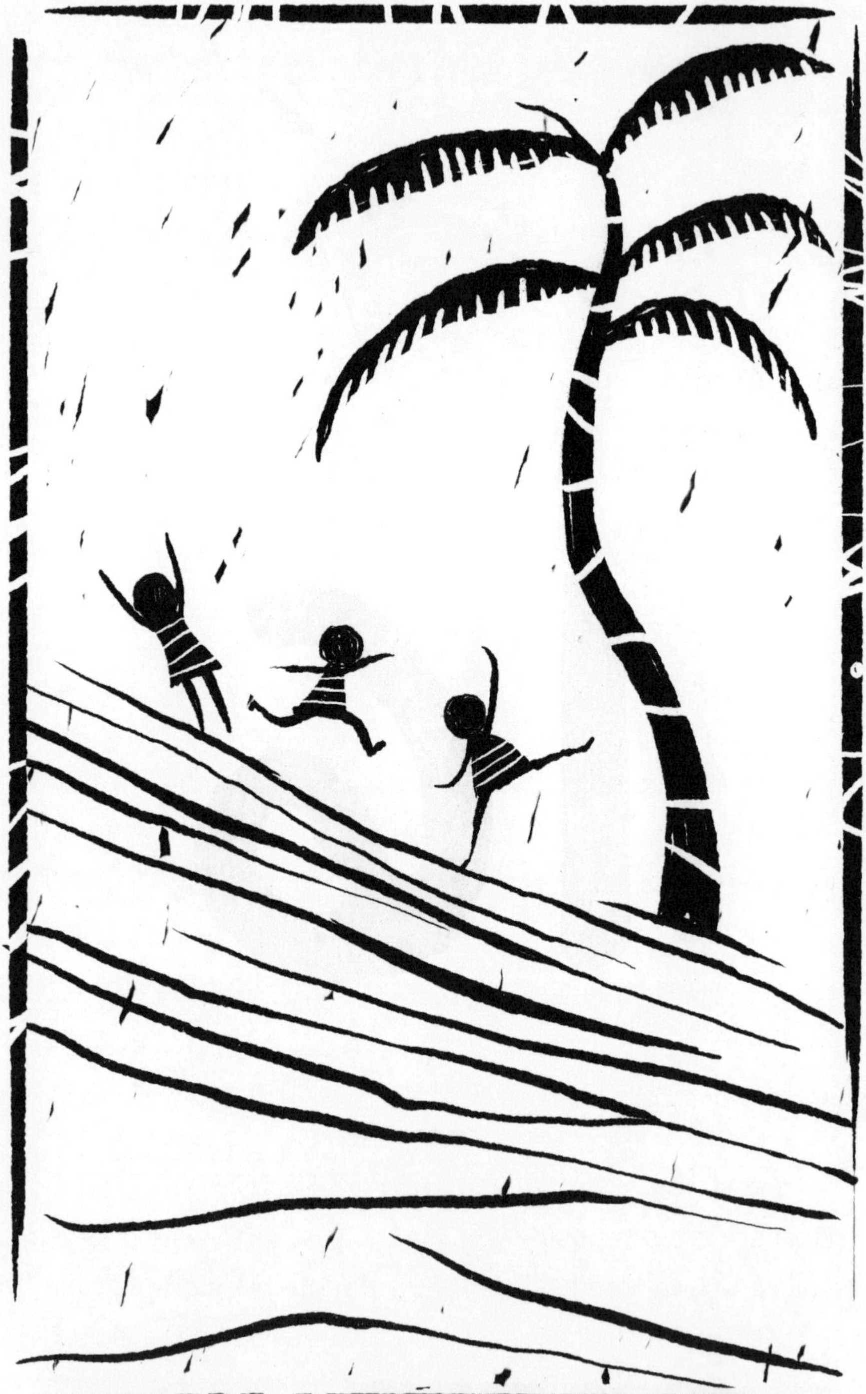

Deixaram a artista e a representante da indústria dos tecidos, andaram cinquenta passos e foram encontrar os meninos brincando na grama verde, fazendo um barulho desesperado.

– Isto é agradável – murmurou Raimundo. – Tudo alegre, cheio de saúde... A propósito, ninguém adoece em Tatipirun, não é verdade?

– Adoece como?

– Julgo que vocês não vão ao dentista, não sentem dor de barriga, não têm sarampo.

– Nada disso.

– Não envelhecem. São sempre meninos.

– Decerto.

– Eu já presumia. Pois é, meu caro. Boa terra. Mas se todos fossem como o anãozinho e tivessem sardas, a vida seria enjoada.

O sardento pigarreou:

– É difícil a gente se entender.

As crianças dançavam e cantavam, enfeitadas de flores, agitando palmas.

– Viva a princesa Caralâmpia! – gritavam. – Viva a princesa Caralâmpia, que levou sumiço e apareceu de repente.

Caralâmpia estava no meio do bando, vestida numa túnica azulada cor das nuvens do céu, coroada de rosas, um broche de vaga-lume no peito, pulseiras de cobras-de-coral.

– Credo em cruz! – gemeu Raimundo assombrado. – Tire essa bicharia de cima do corpo, menina. Isso morde.

O vaga-lume tremelicou, brilhante de indignação:

– É comigo?

– Não senhor, é conosco – informaram as cobras. – Aquilo é um selvagem. Na terra dele as coisas vivas mordem.

– Viva a Caralâmpia! – repetia a multidão. – Viva a princesa Caralâmpia!

– Onde já se viu cobra servir de enfeite? – suspirava Raimundo. – Que despropósito!

– Deixe disso, criatura – aconselhou Fringo, o menino preto. – Você se espanta de tudo. Venha falar com a Caralâmpia.

– Eu sei lá falar com princesa! – exclamou Raimundo encabulado.

– Ela é princesa de mentira – explicou Talima. – É princesa porque tem jeito de princesa. Veja, Caralâmpia. Este é o Pirundo, que veio de Cambacará.

– Pirundo não. Ficou estabelecido que eu me chamo Raimundo mesmo.

– É. Ficou estabelecido que ele se chama Raimundo mesmo.

– Aproxime-se – convidou Caralâmpia.

17

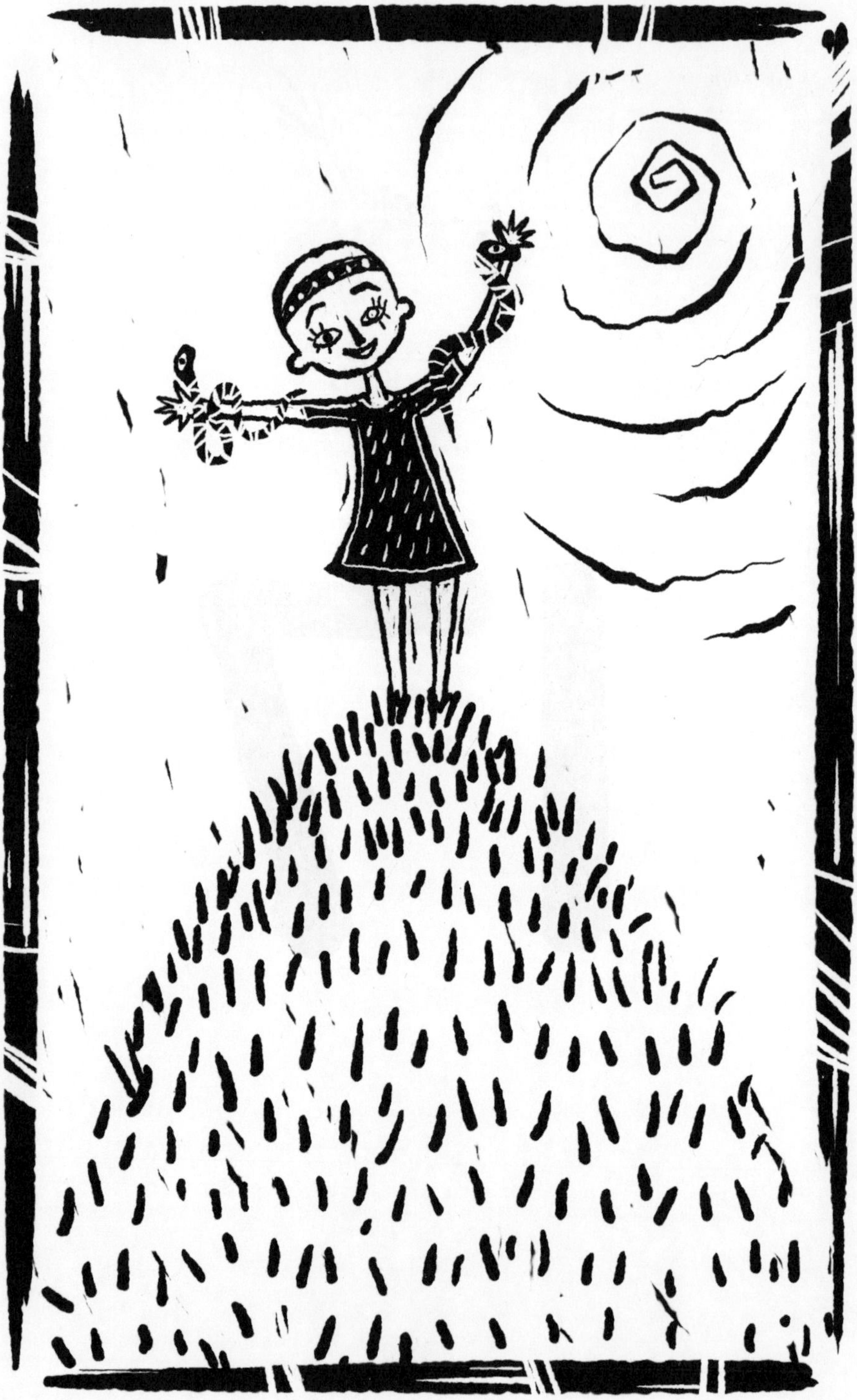

O hóspede chegou-se a ela, desconfiado, espiando as cobrinhas com o rabo do olho. Curvou-se num salamaleque exagerado:

– Como vai vossa princesência?

– Princesência é tolice – declarou Pirenco.

– Tolice é amarrar cobras nos braços – replicou Raimundo. – Onde já se viu semelhante disparate?

– Acabem com isso – ordenou Caralâmpia. – Vamos deixar de encrenca. Por que é que não pode haver princesência? Isso é uma arenga besta, Pirenco.

Raimundo bateu palmas:

– Apoiado. Se há excelência, há princesência também. Está certo.

– Claro! – concordou Talima. – Se há Raimundo e Pirenco, há Pirundo também. Pirundo está certo.

– Não senhora. Pirundo está errado.

– Pois está – concedeu Talima.

– Está mesmo. Para que dizer que não está? – triunfou Raimundo. – Então você é princesa, hein? Como foi que você virou princesa?

– Virando – respondeu Caralâmpia. – A gente vira e desvira.

– Logo vi – murmurou Raimundo. – Pois é. Uma terra muito bonita a sua, princesa Caralâmpia. Estou com vontade de me mudar para aqui. Se eu vier, trago o meu gato. É um gato engraçado, diferente de vocês, com dois olhos verdes. E medroso, tem medo de rato.

— Como é que ele se chama? — perguntou a princesa.

— Não tem nome não. Mas eu vou botar um nome nele.

— Bote Pirundo — sugeriu Talima.

— Boto nada! Vou procurar um nome bonito na geografia. A propósito, aquele rio que fecha é mesmo o rio das Sete Cabeças?

— Sem dúvida — informou Sira.

— Por que é que ele se chama rio das Sete Cabeças?

— Porque se chama. Sempre se chamou assim.

— Muito obrigado. Eu podia botar esse nome no meu gato. Mas ele só tem uma cabeça.

— Bobagem! — exclamou Pirenco. — Gato das Sete Cabeças! Quem já viu isso? Bote Tatipirun.

— Tatipirun é bonito — murmurou a princesa.

— Pois fica sendo Tatipirun. Quando eu vier, trago Tatipirun. Ele vai estranhar e miar no princípio, depois se acostuma. Vamos brincar de bandido?

— Aqui ninguém conhece esse brinquedo não — respondeu Sira. — Vamos correr, saltar, dançar.

— Isso é cacete.

— Pois vamos fazer o anão virar príncipe.

— Não dou para isso não — protestou o anãozinho. — É melhor conversar com os bichos. Vamos procurar um bicho que saiba histórias compridas e bonitas.

18

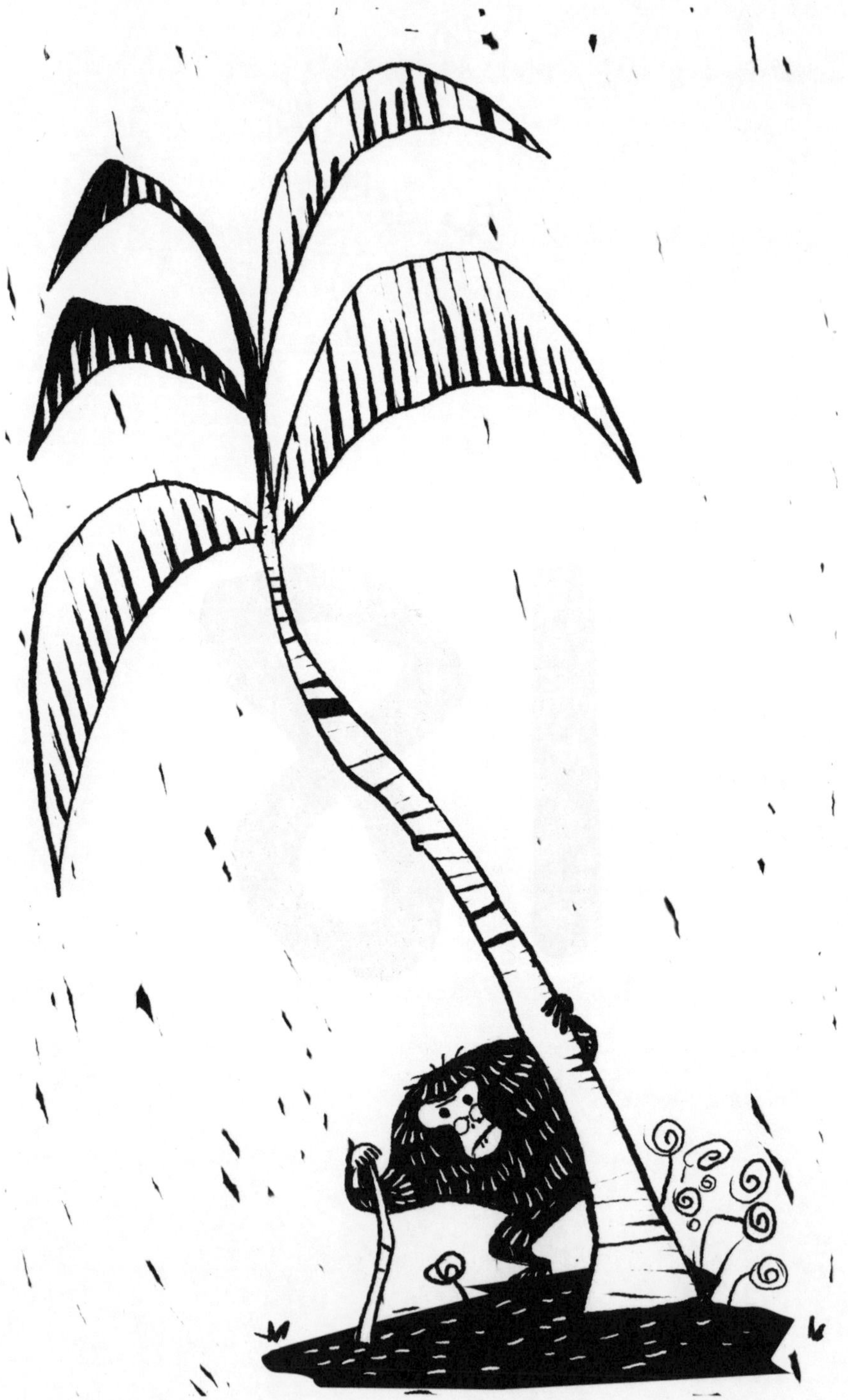

Partiram. Caminharam bem meia légua e encontraram uma guariba cabeluda, que andava com as juntas perras, escorada num cajado, óculos no focinho, a cabeça pesada balançando. Raimundo avizinhou-se dela, curioso:

— Como é, sinha Guariba? A senhora, com essa cara, deve conhecer história antiga. Espiche uns casos da sua mocidade.

— Eu não tive isso não, meu filho. Sempre fui assim.

— Assim coroca e reumática? — estranhou Raimundo.

— Assim como vocês estão vendo.

— Foi nada! A senhora antigamente era aprumada e vistosa. Sapeque aí umas guerras do Carlos Magno.

— Eu sei lá! Estou esquecida. Sou uma guariba paleolítica.

— Paleo quê?

— Lítica.

A princesa Caralâmpia arrepiou-se:

— Que barbaridade! Ela está maluca.

— Não está não — atalhou Raimundo. — Meu tio diz essas atrapalhadas. É um homem que estudou muito, andou na arca de Noé e tem óculos. Direitinho a guariba. É do tempo dela e usa palavrões difíceis.

— Traga também esse quando se mudar para aqui — lembrou Talima.

— Ele não vem não. E não vale a pena. É um sujeito ranzinza e paleo como?

— Lítico — respondeu a guariba.

– Isso mesmo. Não vem não. Ele se enjoa de meninos, só gosta de livros. Um tipo sabido como nunca se viu.

– Não serve – decidiu Talima. – Tem a palavra, sinha Guariba. Conte uma história.

19

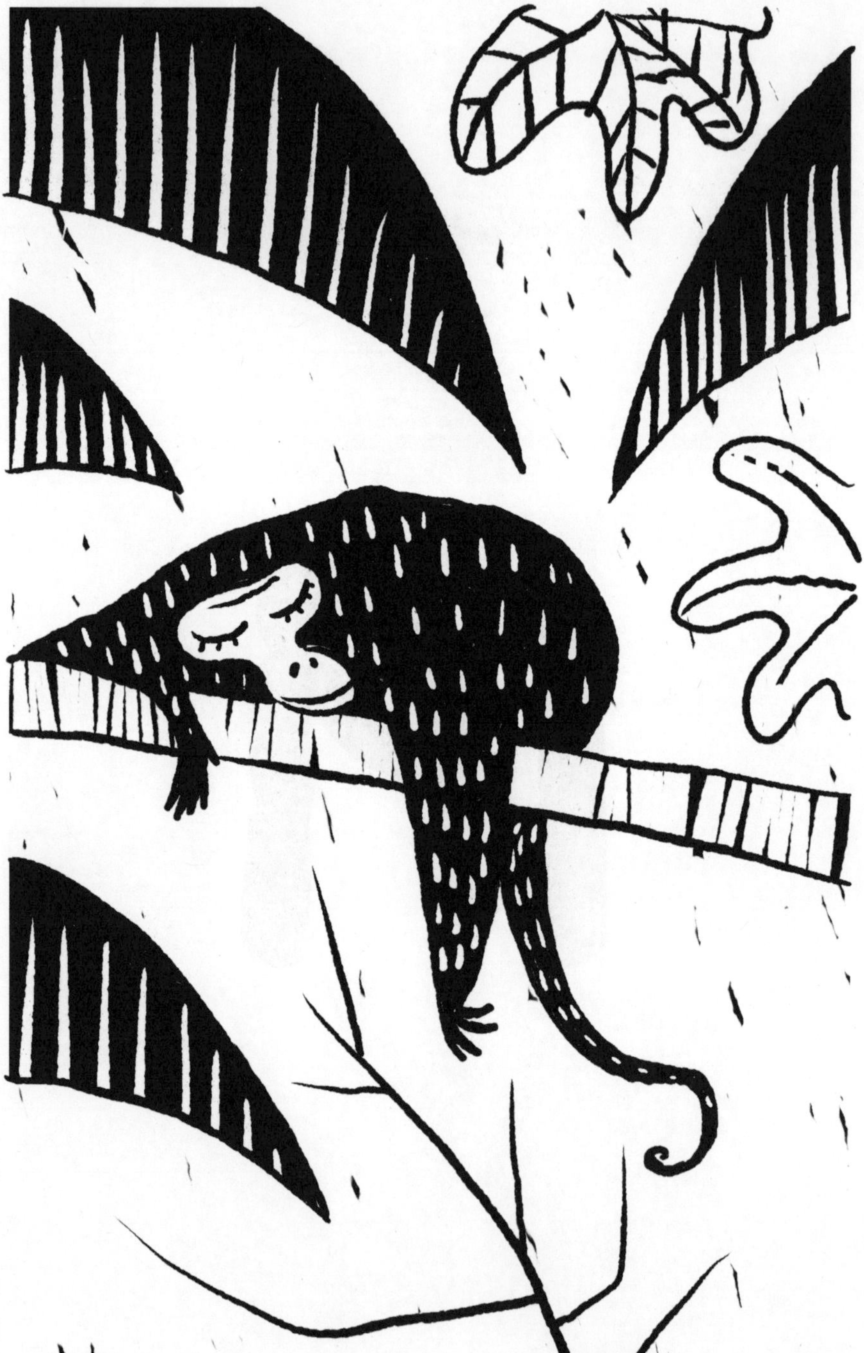

— Eu conto – balbuciou o bicho acocorando-se. – Foi um dia um menino que ficou pequeno, pequeno, até virar passarinho. Ficou mais pequeno e virou aranha. Depois virou mosquito e saiu voando, voando, voando, voando...

– E depois? – perguntou Sira.

A guariba velha balançava a cabeça tremendo e repetia:

– Voando, voando, voando...

Fringo impacientou-se:

– Que amolação! Ela pegou no sono.

Tinha pegado mesmo. E falava dormindo, numa gemedeira:

– Voando, voando, voando...

– Vamos embora, pessoal – convidou Sira. – Ela não acaba hoje.

O bicho começou a chorar.

– Sou uma guariba paleo...

– Já sabemos – interrompeu Caralâmpia. – Toca para frente, povo. Que significará aquele nome encrencado?

– Vou perguntar a meu tio – prometeu Raimundo. – Quando eu voltar aqui, explico a vocês.

20

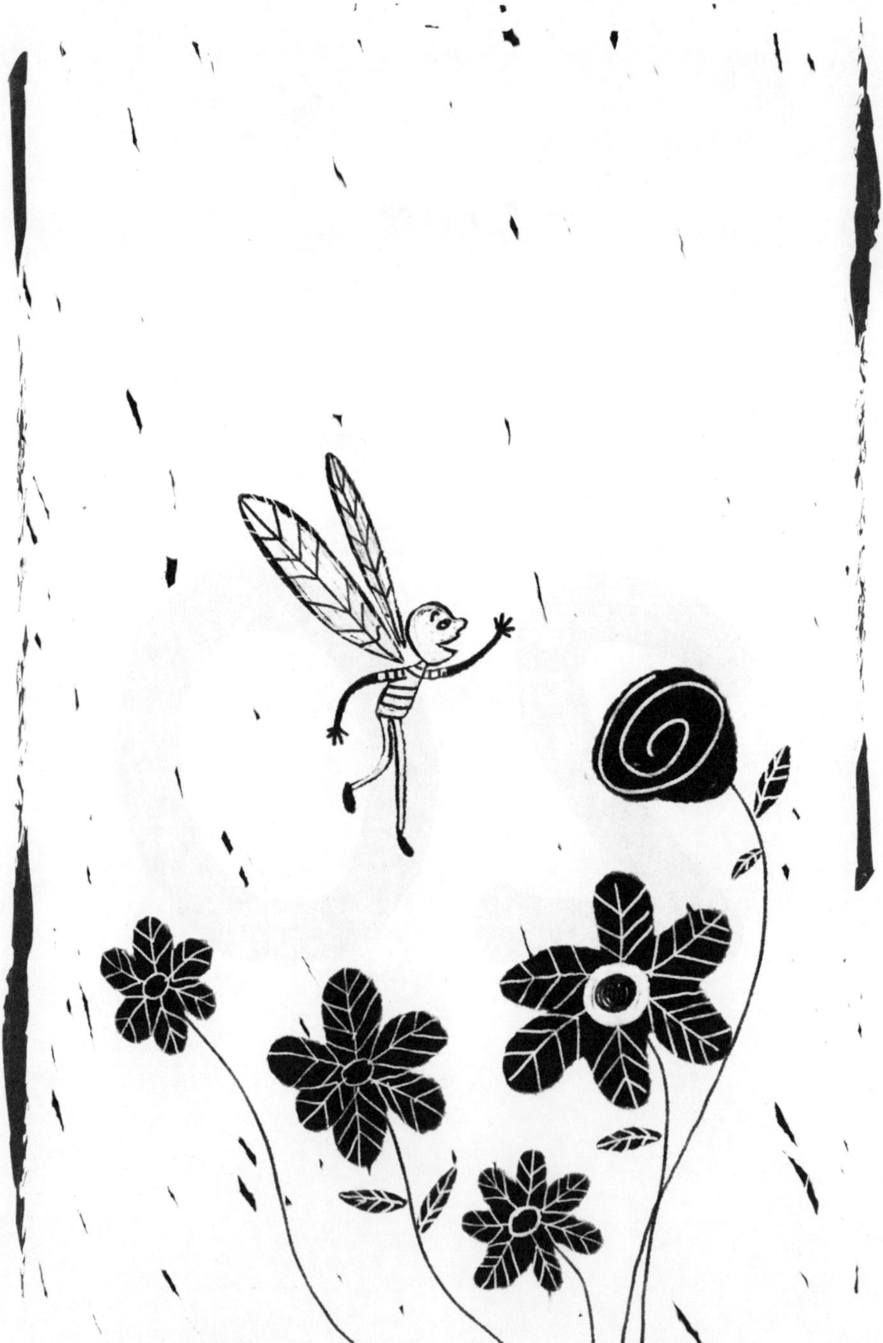

A guariba paleolítica ficou tiritando, acocorada, a gemer.

– Dorminhoca! – rosnou Sira. – Que teria acontecido ao menino que virou mosquito?

– Parece que tornou a virar menino – disse Fringo.

– Não dá certo – gritou o anãozinho. – É melhor continuar mosquito.

– Vamos consultar a guariba?

– Não convém – interveio a princesa Caralâmpia. – Ela perdeu a bola. Voando, voando... Nunca vi animal tão idiota.

– Não senhora – protestou Raimundo. – É um bicho sabido. Meu tio é aquilo mesmo, sabido que faz medo. Mas não fala direito. Resmunga. E engancha-se nas perguntas mais fáceis. A gente quer saber uma coisa, e ele se sai com umas compridezas, que dão sono. Vai resmungando, resmungando e muda no fim, acaba dizendo exatamente o contrário do que disse no princípio.

– Isso é insuportável – bradou Pirenco. – Não tolero conversa fiada, panos mornos.

– Nem eu – concordou Talima. – Pão pão, queijo queijo.

– Preciso voltar e estudar a minha lição de geografia – suspirou Raimundo.

– Demore um pouco – pediu Talima. – Vamos ouvir a Caralâmpia. Por onde andou você quando esteve perdida, Caralâmpia?

A Caralâmpia começou uma história sem pé nem cabeça:

– Andei numa terra diferente das outras, uma terra onde

as árvores crescem com as folhas para baixo e as raízes para cima. As aranhas são do tamanho de gente, e as pessoas do tamanho de aranhas.

– Quem manda lá? São as aranhas ou a gente? – perguntou Raimundo.

– Não me interrompa – respondeu Caralâmpia. – Os guris que eu vi têm duas cabeças, cada uma com quatro olhos, dois na frente e dois atrás.

– Que feiura! – exclamou Pirenco.

– Não senhor, são muito bonitos. Têm uma boca no peito, cinco braços e uma perna só.

– É impossível – atalhou Fringo. – Assim eles não caminham. Só se for com muleta.

– Que ignorância! – tornou Caralâmpia. – Caminham perfeitamente sem muleta, caminham assim, olhe, assim.

Pôs-se a saltar num pé:

– Para que duas pernas? A gente podia viver muito bem com uma perna só.

Tentaram andar com um pé, mas cansaram logo e sentaram-se na grama.

21

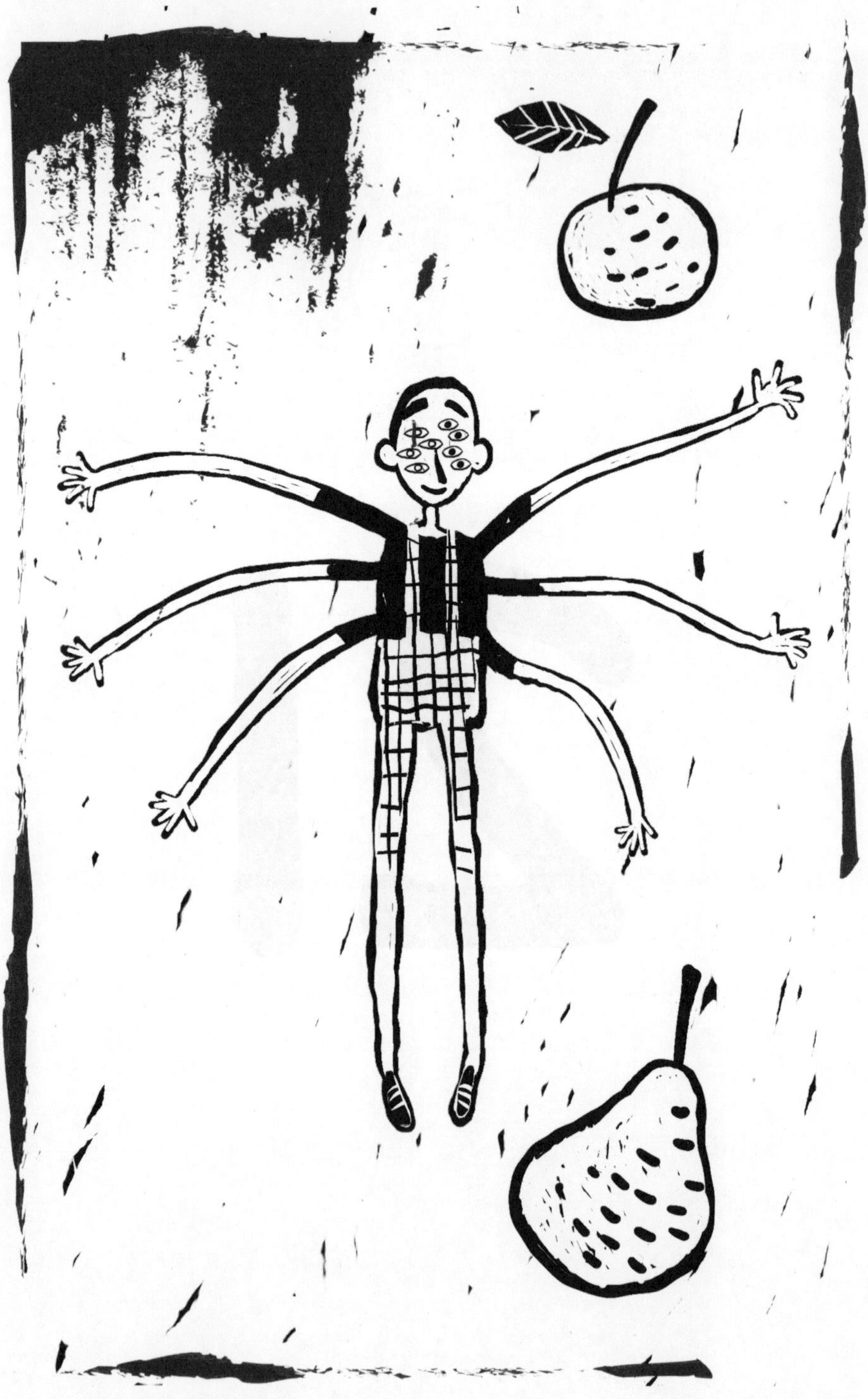

— Preciso voltar – murmurou Raimundo.

O anãozinho chegou-se a ele e soprou-lhe ao ouvido:

– Tudo aquilo é mentira. Esta Caralâmpia mente!

Sira agastou-se:

– Mente nada! Por que é que não existem pessoas diferentes de nós? Se há criaturas com duas pernas e uma cabeça, pode haver outras com duas cabeças e uma perna. Este anão é burro.

– Estão mexendo comigo – choramingou o anãozinho. – Mexem comigo porque eu sou miúdo.

A princesa Caralâmpia puxou-o por um braço, deitou-o no colo e embalou-o:

– Não chore, nanico. Na terra que eu visitei ninguém chora, apesar de todos terem oito olhos, quatro azuis e quatro pretos. As árvores têm as raízes para cima, as folhas para baixo e dão frutas no chão. Os frutos são enormes, as pessoas são como as aranhas.

– Onde fica essa terra, Caralâmpia? – perguntou o sardento.

– Não muito longe, no fim do mundo – respondeu a princesa. – A gente chega lá voando.

– Como o mosquito da guariba – interrompeu o anão. – Desconfio disso. Gente não voa.

– Ora não voa! – exclamou Raimundo. – Em Cambacará os homens voam.

– Voam de verdade ou de mentira? – inquiriu Talima.

– Voam de verdade. Antigamente não voavam, mas hoje andam pelas nuvens em aviões, uns troços de metal que fazem zum... Certamente a Caralâmpia viajou num deles.

– Não foi não – disse Caralâmpia. – Entrei num automóvel.

– Os automóveis aqui andam pelos ares, eu sei – confirmou Raimundo.

– Pois é. Entrei, mexi numa alavanca, o automóvel subiu, subiu, passou a lua, o sol e as estrelas.

– E chegou à terra dos meninos duma perna só – grunhiu o anãozinho. – Não creio.

– Coitado – murmurou Talima. – Este anão é um infeliz. Não faça caso, Pirundo.

– A senhora me troca sempre o nome. Eu já lhe disse um milhão de vezes que me chamo Raimundo.

22

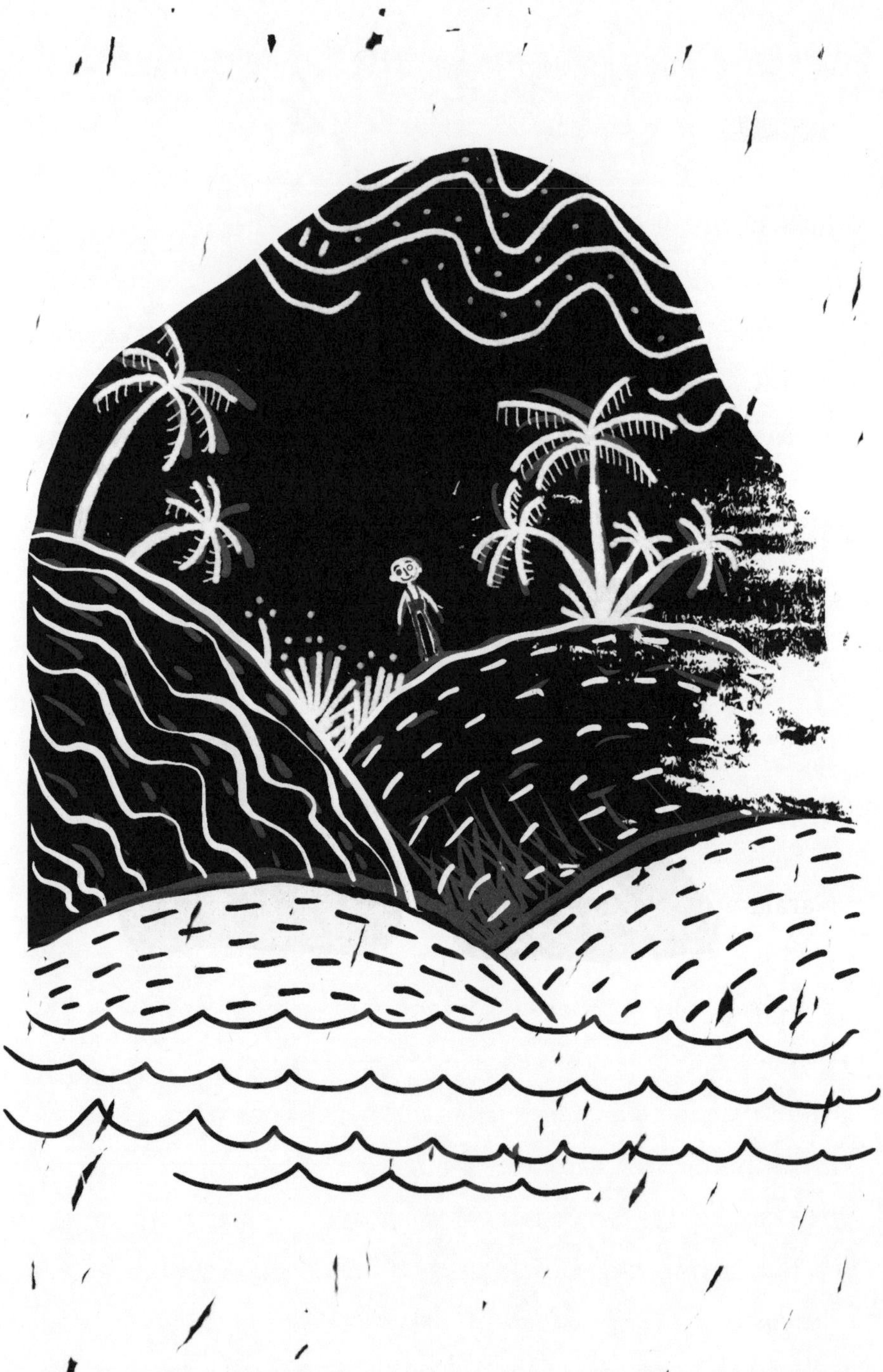

— Isso mesmo. Fique com a gente. Aqui é tão bom...

— Não posso — gemeu Raimundo. — Eu queria ficar com vocês, mas preciso estudar a minha lição de geografia.

— É necessário?

— Sei lá! Dizem que é necessário. Parece que é necessário. Enfim... não sei.

Aí Raimundo entristeceu e enxugou os olhos:

— É uma obrigação. Vou-me embora. Vou com muita saudade, mas vou. Tenho saudade de vocês todos, as pessoas melhores que já encontrei. Vou-me embora.

— Volte para viver conosco — pediu Caralâmpia.

— É, pode ser. Se acertar o caminho, eu volto. E trago o meu gato para vocês verem. Não deixe de ser princesa não, Caralâmpia. Você fica bonita vestida de princesa. Quando eu estiver na minha terra, hei de me lembrar da princesa Caralâmpia, que tem um broche de vaga-lume e pulseiras de cobras-de-coral. E direi aos outros meninos que em Tatipirun as cobras não mordem e servem para enfeitar os braços das princesas. Vão pensar que é mentira, zombarão dos meus olhos e da minha cabeça pelada. Eu então ensinarei a todos o caminho de Tatipirun, direi que aqui as ladeiras se abaixam e os rios se fecham para a gente passar.

Raimundo afastou-se lento e procurou orientar-se. Os outros o seguiram de longe, calados. Andaram até o rio. Lá estavam à margem, perto do tronco, os sapatos e a roupa.

O garoto escondeu-se no mato, vestiu-se de novo, tornou a pendurar no ramo a túnica azul que a aranha lhe tinha dado.

– Devolução? – perguntou o bichinho.

– É, dona Aranha. Muito obrigado, não preciso mais dela.

– Quer dizer que volta para Cambacará, não é? – coaxou a rã na beira da poça.

– Volto, sim senhora. Volto com pena, mas volto.

– Faz tolice – exclamou o tronco. – Onde vai achar companheiros como esses que há por aqui?

– Não acho não, seu Tronco. Sei perfeitamente que não acho. Mas tenho obrigações, entende? Preciso estudar a minha lição de geografia. Adeus.

23

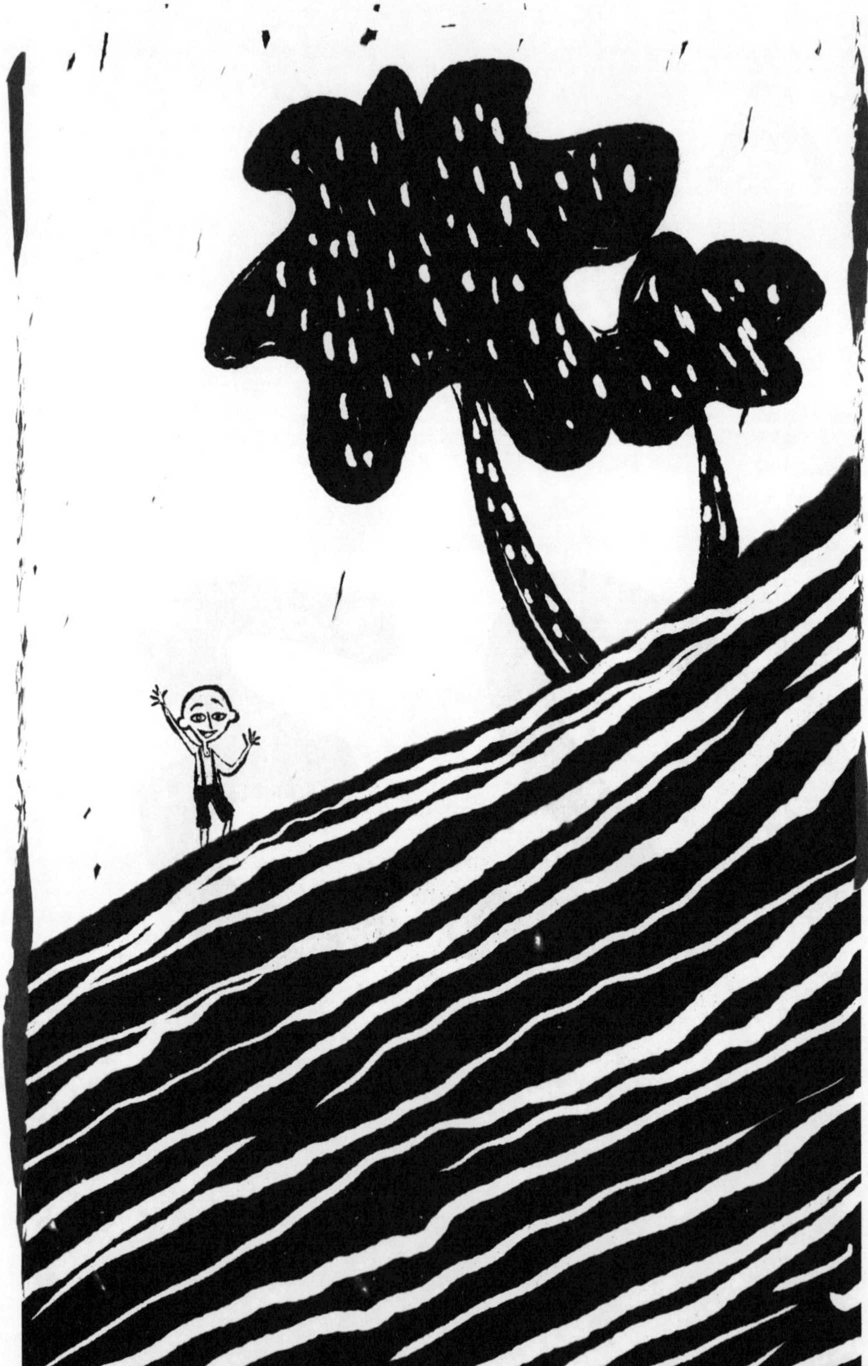

Atravessou o rio com um passo. As crianças peladas foram encontrá-lo. Caminharam algum tempo e chegaram à serra de Taquaritu. Aí Raimundo se despediu:

– Adeus, meus amigos. Lembrem-se de mim uma ou outra vez, quando não tiverem brinquedos, quando ouvirem as conversas das cigarras com as aranhas. Fiquei gostando muito delas, fiquei gostando de vocês todos. Talvez eu não volte. Vou ensinar o caminho aos outros, falarei em tudo isto, na serra de Taquaritu, no rio das Sete Cabeças, nas laranjeiras, nos troncos, nas rãs, nos pardais e na guariba velha, pobrezinha, que não se lembra das coisas e fica repetindo um pedaço de história. Quero bem a vocês. Vou ensinar o caminho de Tatipirun aos meninos da minha terra, mas talvez eu mesmo me perca e não acerte mais o caminho. Não tornarei a ver a serra que se baixa, o rio que se fecha para a gente passar, as árvores que oferecem frutos aos meninos, as aranhas vermelhas que tecem essas túnicas bonitas. Não voltarei. Mas pensarei em vocês todos, no Pirenco e no Fringo, no anãozinho e no sardento, na Sira, na Talima, na Caralâmpia. Você me troca sempre o nome, Talima. E eu quero bem a você, ando até com vontade de virar Pirundo, para não teimarmos se ainda nos virmos. Lembre-se do Pirundo, Talima. Longe daqui, fecharei os olhos e verei a coroa de rosas na cabeça da Caralâmpia, o broche de vaga-lume, as pulseiras de cobras-de-coral. Adeus, meus amigos. Que fim terá levado o menino da guariba? Quando um mosquito zumbir perto de mim, pensarei nele.

Pode ser que esteja zumbindo o menino que a guariba deixou voando. Pobre da guariba. Está balançando a cabeça, falando só, e não acorda. Eu volto um dia, venho conversar com ela, ouvir o resto da história do menino que virou mosquito. E hei de encontrar a Caralâmpia com as mesmas rosas na cabeça, o vaga-lume aceso no peito, as cobras-de-coral nos braços. Vou prestar atenção ao caminho para não me perder quando voltar. E trarei uns meninos comigo. Os meninos melhores que eu conhecer virão comigo. Se eles não quiserem vir, trago o meu gato, que é manso e há de gostar de vocês. Adeus, seu Fringo. Adeus, seu Pirenco. Sira, Caralâmpia, todos, adeus! Não é preciso que me acompanhem. Muito obrigado, não se incomodem. Eu acerto o caminho. Adeus! Lembre-se do Pirundo, Talima.

Raimundo começou a descer a serra de Taquaritu. A ladeira se aplanava. E quando ele passava, tornava a inclinar-se. Caminhou muito, olhou para trás e não enxergou os meninos que tinham ficado lá em cima. Ia tão distraído, com tanta pena, que não viu a laranjeira no meio da estrada. A laranjeira se afastou, deixou a passagem livre e guardou silêncio para não interromper os pensamentos dele.

Agora Raimundo estava no morro conhecido, perto de casa. Foi-se chegando, muito devagar. Atravessou o quintal, atravessou o jardim e pisou na calçada.

As cigarras chiavam entre as folhas das árvores. E as crianças que embirravam com ele brincavam na rua.